三河雑兵心得

# 上田合戦仁義

井原忠政



双葉文庫

# 目次

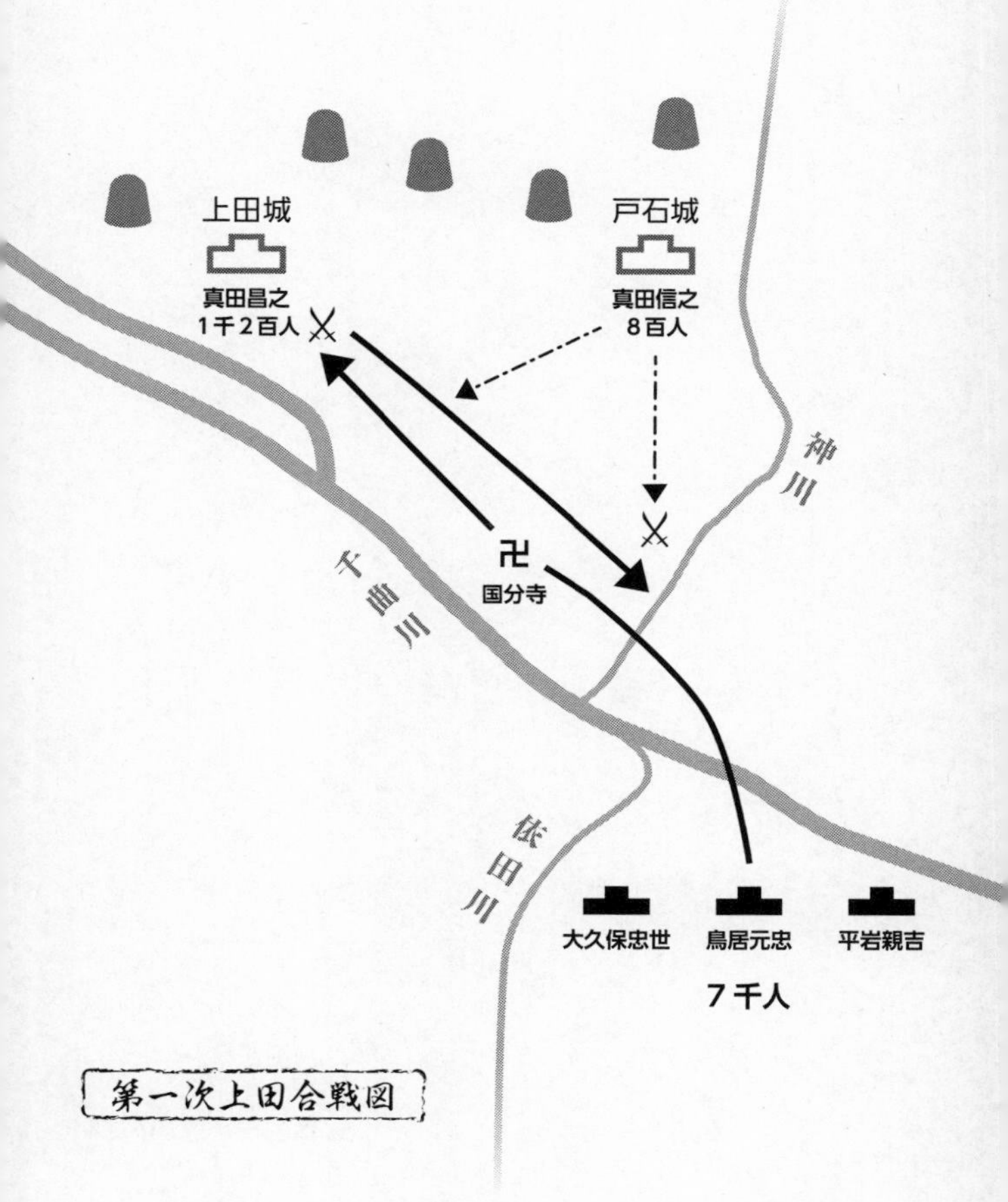

上田城
真田昌之
1千2百人
戸石城
真田信之
8百人
神川
千曲川
卍
国分寺
依田川
大久保忠世
鳥居元忠
平岩親吉
7千人
第一次上田合戦図

# 三河雑兵心得　上田合戦仁義

# 序章　三河殿は律義者で

（結局、ワシが大坂《おおさか》に赴《おもむ》かねば、ことは収まるまいよ）

次の正月がくれば四十三になる徳川家康《とくがわいえやす》は、右の掌《てのひら》で己が顔をペロンと撫《な》でた。小姓が控えるのみの浜松城《はままつじょう》本丸御殿の書院だ。家康は一人物思いに耽《ふけ》りながら、細く開かれた障子越しに、冷たい雨が濡らす庭の緑を眺めていた。

天正《てんしょう》十二年（一五八四）の十一月に入った段階で、ほぼ腹を固めていた。

（ワシが行かねば秀吉《ひでよし》の奴、これ幸いと難癖をつけて攻めてきよるがね）

家康は今や五ヶ国の太守《たいしゅ》だ。総石高は百五十万石に近い。一万石当たりざっくり二百五十人の兵を出せると考えれば、総動員兵力は三万八千人ほどだ。

（三万八千か……我ながら凄《すげ》ェ数だわ）

しかも、諸国からその剽悍《ひょうかん》さを恐れられる三河《みかわ》衆と、信玄《しんげん》の薫陶《くんとう》を受け戦国一とも称された武田《たけだ》衆が部隊の基幹を成している。

まさに、鬼に金棒。まさに、獅子に鰭《ひれ》。

現に、この三月以来、八ヶ月に亘った小牧長久手戦《こまきながくてのいくさ》では、四倍の秀吉勢相手に徳川は一歩も退かず、むしろ優勢のままに終戦へと持ち込んだのだ。

まだある。

天正十年（一五八二）には、本能寺《ほんのうじ》後の旧武田領の覇権を、北条《ほうじょう》や上杉《うえすぎ》と争った。世にいう天正壬午《じんご》の乱《らん》である。徳川勢は、押し寄せた北条軍四万をわずか一万五千の兵力であしらった。黒駒合戦《くろこまかっせん》や七里岩《しちりいわ》での長陣を経て、結局、徳川有利の和睦《わぼく》を結ぶに至っている。

（確かに、今の徳川《うち》は強《つえ》ェ。どんな強力な相手にも互角に対峙し、勝てぬまでも決して負けねェからなァ）

日頃、慎重で悲観的で自虐的な家康も、この点だけは認めざるを得ない。

「そもそも殿は、秀吉めをちと買いかぶっておられる。今少し御自分と我ら三河衆の実力に自信を持って頂かねば、大局を見誤るがね」

なぞと、本多平八郎《ほんだへいはちろう》辺りが浜松城の大広間《たまり》で声高《こわだか》に論じる所以《ゆえん》である。

（ひょっとして平八らの頭の中では、尾張《おわり》と甲州《こうしゅう》での善戦を踏まえ「四倍までの相手なら負けぬ」なんぞと思っておるのではあるめェな。三万八千人が集められるなら、その四倍……十五万人までなら互角だとか？　たァけが……なにが十五万か！　普通に負けるわい！）

家康は、寵臣《ちょうしん》たちの増上慢《ぞうじょうまん》に苛《さいな》つき、忌々しげに爪を噛《か》んだ。

（だいたい平八や小平太《こへいた》、最近は万千代《まんちよ》までが、世の中を舐《な》め腐っておる。あのたァけども、ちと放し飼いが過ぎたわ）

ちなみに、小平太は榊原康政《さかきばらやすまさ》、万千代は井伊直政《いいなおまさ》の通り名である。

おそらく自分は、世間一般でいう英雄でも、天才でもないのだろうが、少なくとも平八郎よりは視野が広いし、小平太のように短気ではないし、万千代より経験を積んでいる。総じて、彼らより現実を見抜く眼力には秀でているつもりだ。

今年の小牧長久手戦では、団栗眼《どんぐりまなこ》の大久保忠世《おおくぼただよ》が献じた案を容れ「勝たずとも、負けない戦《いくさ》」を徹底することで、かろうじて、ぎりぎり、なんとか引き分けに持ち込めただけである。「次にも同じ相手と、同じ戦いができるか」と問われれば、とんと自信が持てなかった。

（さらに、新領地の疲弊が酷い。目も当てられん）

旧武田領は武士も農民も田畑も疲れ切っている。天正十年の浅間山《あさまやま》大噴火に続き、幾度も豪雨と長雨《ながさめ》に祟《たた》られた。武田家の滅亡も、心情の面で大きな影を落としている。この上、秀吉率いる大軍勢との長期戦を強《し》いれば、甲斐《かい》や信濃《しなの》で、あるいは駿河《するが》でも、謀反《むほん》や一揆、裏切りや同士討ちが相次ぐはずだ。

（それでも奴らは、秀吉と一戦やる気か？　こら平八よ、小平太よ……今度こそ、我が徳川は滅びるぞ）

と、家康は心中で、平八郎たちの無謀さを詰《なじ》った。

家康の本心は和睦なのだが、平八郎や榊原康政、井伊直政に代表される子飼いの侍大将衆は、揃いも揃って好戦的で、秀吉との再戦を強く望んでいた。本来、主従が一心同体であることにこそ意義がある旗本先手役《はたもとさきてやく》だ。彼らとの意見の齟《そ》齬《ご》、見解の相違――家康の苦悩はここにあった。

（あのたァけどもがなんと言おうが、ワシは大坂へ行く。もう断じて戦はせん。舐めろと言われれば、秀吉の足でも舐めてやる。折角手に入れた五ヶ国の太守の座、簡単に手放せるか。なにがなんでも守り通してみせるわ）

四半世紀前、桶狭間戦《おけはざまのいくさ》直後のドサクサに乗じて家康は岡崎城《おかざきじょう》を奪還し、戦国大名として名乗りを上げた。その頃の家康は、三河半国の小領主にしか過ぎなかったのだ。石高にしてわずか十五万石前後か。それが今では百五十万石、掛値抜きで、十倍の版図を手に入れた計算になる。織田信長《おだのぶなが》と組めた幸運、三河衆の無類の強さ、家康自身の辛抱――そのすべてを勘案しても、十倍の領土は僥倖《ぎようこう》以外のなにものでもなかろう。

「棚ぼた？」

家康が小さく独言した。

「は？」

近侍《きんじ》する小姓が打ち聞いて、主人を窺ったが、家康は「なんでもない」とでも言いたげに手を振ってみせた。

（ま、世の中には「どうせ棚ぼただから」と淡泊に考える者と「折角の棚ぼたダから」と執着する者がおるわな。で、ワシはどちらだ？　ふん、明らかに後者であろうよ。だからこそ銭が貯まる。おお、そうとも、ワシは吝嗇《りんしよく》じゃ。吝嗇でなにが悪い！）

と、家康はまた掌で己が顔をペロンと撫でた。

欲と二人連れで、相手の足でも舐めると腹を括っていた家康だが――次席家老の石川数正《いしかわかずまさ》が大坂から持ち帰った講和条件は意外なものだった。

「なんと、長松《ながまつ》ではなく於義丸《おぎまる》を人質に出せというのか？」

家康は身を乗り出し、石川に質《ただ》した。長松は三男だが嫡子《ちゃくし》だ。於義丸は、長松の兄だが跡取りではない。

於義丸――後の秀康《ひでやす》は、家康の次男である。当年取って十一歳。生母の出自が卑しいことから、長男信康《のぶやす》亡き後も嫡子の座を長松――後の秀忠《ひでただ》に譲っている。その於義丸を人質に出せば、秀吉は徳川と和議を結ぶというのだ。

「殿、人質にはございませんぞ。秀吉は『養子として於義丸君を申し受けたい』と言っておるのです」

「有り体に申せば、人質であろうよ」

家康が皮肉っぽく笑った。

「養子だなんだと申しても、一旦、羽柴《はしば》と徳川が手切れとなり、戦端を開くことにでもなれば、秀吉は於義丸を殺すであろうからなァ」

そう言って家康は深く溜息をつき、表情を曇らせた。於義丸は不憫《ふびん》な子である。自分はあの子に、父親らしいことをなに一つしてやっていない。於義丸が憎いわけでも、可愛くないわけでもない。むしろ「利発で剛健な御性格」と傅役《もりやく》の本多作左衛門《ほんださくざえもん》辺りから聞き、内心で期待しているくらいだ。

「実状は兎も角、表面上、人質と養子では随分と待遇も印象も外聞も違うものにございまするぞ」

「確かに……えらい厚遇で、むしろ気味が悪いわ」

「徳川への配慮が感じられまする」

石川数正は、家康の目を見て微笑《ほほえ》んだ。徳川家内では、家老として今一つ人気がないが、今川《いまがわ》の人質として駿府《すんぷ》で侘《わび》しく過ごした頃からの股肱《ここう》である。その石川が「今が潮時にござる」と目で訴えていた。

秀吉が求めてきたものは、家康本人ではなく、跡取り息子でもなく、人質ですらない。これほどの好条件ならば、さしもの頑迷な平八郎たち強硬派も納得――渋々だろうが――せざるを得ないのではあるまいか。

(現状、秀吉の奴は自ら階段を下りて、微笑んで、こちらへ手を差し伸べてきておる。これは間違いねェわ。たとえそれが作り笑いであったとしても、決して無下にはせんことだがね)

家康は周囲を見回した。石川と小姓以外に人がいないことを確認すると、石川を扇子の先で指し招いた。次席家老が一礼して膝でにじり寄ると、声を潜め、耳元で囁《ささや》いた。

「秀吉は、ワシのなにを恐れておるのかな?」

秀吉が家康を恐れている——決して自惚《うぬぼ》れや油断ではない。ただ、有り体に言えばそういうことだろう。恐れてもいない相手に率先して譲歩する敵はいない。譲歩するということは、大なり小なり弱味があるということだ。

「多少無礼な物言いをお許し頂けまするか？」

「構わん。ゆうてみい」

「では……」

石川は、静かに息を吐いてから存念を語り始めた。

「無論、殿の御采配、三州《さんしゅう》甲州の強兵は恐れておりましょうが、次の戦ではなんとか徳川を倒せると、秀吉は目途を立てておるやに思われまする」

「癪《しゃく》に障るが、ま、認めざるを得んな」

小牧長久手戦は、六万対一万六千の圧倒的に不利な戦いだった。それを引き分けに持ち込めた最大の要因は、秀吉政権の脆弱《ぜいじゃく》さに求められよう。秀吉は信長の方面司令官の一人に過ぎなかったが、本能寺の変後の混乱に乗じて短期間に全権を掌握した。山崎《やまざき》の地で明智光秀《あけちみつひで》を下したのが天正十年（一五八二）の六月十三日だから、今年三月の小牧長久手戦開戦時には、まだ誕生一年半の極めて若い政権だったのだ。帷幕《いばく》の秀吉がどんなに天下人や大将軍を気取っても、元同僚の赫々《かくかく》たる武将たちは内心で「あの尾張中村《なかむら》の猿めが」と冷笑していたはずだ。現に、池田恒興《いけだつねおき》、森長可《もりながよし》の独断先行を抑えきれずに、四月九日の長久手戦では、九千人のうちの三千人を失う大敗北を喫している。

しかし、時が経てばたつほど、政権基盤は強化される。安定する。一日毎に秀吉は強くなっているのだ。

「おまんのゆう通りだがね。時は秀吉の味方よ。その秀吉がなぜ、今ワシに大きく譲歩する？　理屈から言えば、奴は待てばええわけだからな」

家康が、石川の目を覗き込んだ。

「徳川領は、秀吉の勢力圏と境を接しております。殿と和睦せねば、秀吉は西へは進めませぬ」

中国の毛利《もうり》、四国の長宗我部《ちようそかべ》、九州の島津《しまづ》――西へ進まねばならぬ秀吉は、背後を突かれぬためにも、早期に徳川との和睦を求めているというのだ。

「ふん。さりとて西征に先立って、まず最初に潰すには……つまり『行き掛けの駄賃』とするには、ワシはちとデカ過ぎるということか」

「御意ッ」

秀吉が本腰を入れて攻めれば、家康を降《くだ》すことも可能だろう。ただ、現在の徳川は明らかに天下第二の強大国である。北条と毛利は徳川以上の版図を持つが、当代の当主が凡庸だ。島津や伊達《だて》は如何《いか》にも遠い。徳川には及ばない。天下の第一位と第二位が死闘を演じ、たとえ秀吉が勝ったとしても、疲弊し消耗し尽くしては、その後の天下取りにも障ろう。だから秀吉は家康との早期の和睦を、たとえ譲歩しても熱望している──そう石川は分析してみせた。

「まずは和睦する。それもええわ。で、島津や毛利を討ち平らげた後、改めてワシを潰しにかかる、そんな心配はねェか？」

「確かに、なくはございません。ただ、天下統一までには時がかかりましょう。その間に殿が秀吉との間で、故信長公との間で結ばれたような深い情誼《じょうぎ》を結んでいただければ、両雄が並び立つ未来もなくはないのかな、と」

「情誼か……情誼ね」

家康は顔を上げ、遠くを見るような目になった。

「ほうだがや。ワシはなにをされても信長の番犬を続けたのよ。女房子供を殺せと命じられれば、唯々諾々《いいだくだく》とそうしたわ」

石川が、身を硬くして頭《こうべ》を垂れた。

「秀吉はその様を、信長の陰から確《しか》と見ておったはずだ。ワシは世間から律義者と思われておるそうだからな。このワシがさ、ハハハ」

「いえいえ、殿は正真正銘、天下無双の律義者にございまする」

家康は今まで、感情で動いたことがない——ま、ほとんどない。その折の情勢を見て、最も合理的かつ現実的な行動を取ってきたつもりだ。三河一向一揆然《しか》り、信康切腹然り、伊賀《いが》越え然りだ。無謀な指揮振りと詰られ、自分でも白々しい自画像など描かせて反省を装っている三方《みかた》ヶ原《はら》もまた然りなのである。元々は直情的な性格なのだが、不思議と己《おのれ》を制御できた。この自制心が生来のものなのか、体験に培《つちか》われたものなのかは自分でもよく分からない。ただ結果的に世間から「正直、律義、勇敢」などの評価を得ているとしたら、自分の本質はどうであれ、それを利用しない手はないだろう。万に一つ、秀吉が「律義者の家康なら、潰すまでもないか」と考えてくれるなら徳川は生き残れよう。現に、あの気難しく、猜疑心《さいぎしん》の強い信長に二十二年間も仕えてこられたではないか。

「ま、外ならぬ与七郎《よしちろう》(石川)がそう申すなら、ワシは律義者なのであろうよ」

「ハハハ、まるで他人事《ひとごと》ですなァ」

「たァけ。過不足なく己を読めるなら、そらもう達人の境地だがや」

「御意ッ」

童《わらわ》の頃から共に辛酸を舐めてきた主従は、目を見交わして笑った。

「分かった。すぐに於義丸を大坂に送ろう」

「全面和睦にございまするな？」

「や、そうではねェ。それはまずい」

家康が石川を宥《なだ》めた。

「平八ら石頭どもが納得すまいよ」

徳川内部の確執に気づけば、秀吉は即時に攻めて来よう。徳川は壊滅する。

「ええか、戦はせん。人質も出す。しかし土下座はしねェ。大坂へも行かん」

「なんと曖昧な……秀吉は困りましょうな」

「ほうだがや。大いに困らせるとしよう。この曖昧の策でな」

家康がニヤリと笑った。

# 第一章　於義丸

## 一

人質として他国へ向かう少年——家康には辛い記憶があった。

六歳の頃、今川への人質として駿府《すんぷ》へ向かう途中、老津《おいつ》の浜で三河田原《みかわたはら》城主戸田康光《とだやすみつ》に拉致《らち》された。その後は尾張《おわり》織田家へ「まるで荷物のように」転送されたのだ。

あれは子供心にも、辛く情けない記憶となって残っているが、於義丸の場合、ことは「辛い」「情けない」では済まないのだ。もし拉致などされると、秀吉との和睦《わぼく》に水を差しかねない。「拉致は家康の自作自演」なぞと秀吉から疑惑の目を向けられる恐れもある。総じて、於義丸の警護には、厳重な手立てを講じねばならなかった。さりとて、和睦の使者が大軍を引き連れて行くのもまずいだろう。匙加減《さじ》が難しい。家康は浜松城《はままつじょう》内の書院に酒井忠次《さかいただつぐ》と本多平八郎を呼び出し、三人で知恵を絞った。

護衛には機動力と忠誠心の強さを重視し、騎馬隊三百を率いる石川数正がつくが、さらに植田茂兵衛《うえだもへえ》の鉄砲隊を同道させることを酒井が提案した。

「第一に、植田の鉄砲隊は、鉄砲数が五十挺もあり、強力にござる」

鉄砲隊は、だいたい二十五挺から三十挺ほどで編制された。五十挺の鉄砲隊は異例なのである。

「その上、か奴の足軽たちには脚力がございまする。甲斐《かい》や信濃《しなの》との往復で、長旅にも慣れております。あの者たちならイザというとき、騎馬隊についても走れましょう」

十一歳の子供に、浜松から大坂《おおさか》までの六十七里（約二百六十八キロ）を馬で踏破する体力はない。当然、駕籠《かご》か輿《こし》に乗っての移動となるだろう。ただ、もし危急の事態に見舞われた場合、騎馬隊に周囲を固められて、馬で逃げることも想定せねばなるまい。

「植田か……なるほど」

と、家康は酒井に深く頷いてから、平八郎をチラと窺った。

平八郎は背筋を伸ばし、正面を向いたままで、家康を見ようとはしなかった。

「平八よ……おまん、植田とは縁を切ったのか？」

家康が平八郎に質《ただ》した。

「しばらく口はきいておりませぬ。それだけにござる」

茂兵衛と平八郎は現在、秀吉への対応を巡って冷戦中だ。

先日は、癇癪《かんしゃく》を起こした平八郎が、評定の席で茂兵衛を殴った。茂兵衛の対秀吉宥和策は、平八郎にとって許しがたい暴論だったのだ。それを選《よ》りにもよって、朋輩《ほうばい》とも弟とも思う茂兵衛が口にした。気がつけば、思い切り張り飛ばしていた。以来、平八郎は茂兵衛と目を合わせていない。あちらは律義に会釈をしてくるが、こちらからは完全に黙殺している。

「では、縁は切っておらんのか？」

薄ら笑いを浮かべた家康が、意地悪く食い下がった。

「……ですから、女子供ではあるまいし、気持ちの悪い。縁など初めからござらんわ」

平八郎が顔を顰《しか》めて吼《ほ》えた。

「ああ、ほうかい。そらよかったのう」

まるで足軽同士の口論である。

家康と平八郎との主従関係の在り様は、兄弟のそれに酷似していた。家康は、平八郎のことが可愛くてならず、平八郎は家康のためなら、従容《しょうよう》として死地に赴《おもむ》くだろう。ここは確かだ。その一方で、遠慮がなさ過ぎ、こうした口喧嘩紛《まが》いの応答が日常となっている。旗本先手役《はたもとさきてやく》の平八郎、榊原康政、井伊直政の三人は家康にとって、可愛いくて頼りになるが、生意気でときに制御不能となる厄介な弟たちであった。弟たちは揃いも揃って対秀吉強硬派だが、これがもし酒井忠次や石川数正であれば、家康は冷静に理を説き、必要ならやんわりと脅し、容易《たやす》く従わせられただろう。そういう大人の関係性でないところが、家康と旗本先手役の危うさであり、強さでもあった。

「植田の奴に、於義丸を大坂まで護衛させる……左衛門尉《さえもんのじょう》（酒井）の案を、おまん、どう思う？」

「ど、どうって……」

豪傑が困惑の色を浮かべた。

「難しいことは訊いてねェぞ。どう思う？　否か応か？」

家康は執念深い。最近、平八郎の困った顔を見ると、なぜか心が浮きたつ。虐《いじ》めたくなる。強硬論一本槍の平八郎に辟易《へきえき》している証だ。

「よう分かりません」

「反対か？」

「だから、分からんのですわ！」

平八郎が主人を睨んだ。

「ただ……」

と、呟《つぶや》いて、酒井が瞬《まばた》きを繰り返し、ゴシゴシと己が目をこすった。この筆頭家老は今年五十八になるが、最近急激に老け込んできた。往年の覇気が感じられない。眼病を患《わずら》い、視力を落とした所為《せい》だ。

「伯耆《ほうき》（石川）と植田はともに対秀吉和平派。そこだけが、ちと不安にござる」

「と、いうと？」

家康が酒井を厳しく見つめた。

「あの二人では、秀吉めに籠絡されかねんのではないか。殿を裏切るとまでは申さぬが、不安じゃ」

「左衛門尉、おまんは秀吉との和議に反対なのか？」

家康が、横目で平八郎を牽制しながら、酒井に厳しく質した。

「然《さ》に非《あら》ず。ただ、和睦は交渉事にござれば、条件面で妙な譲歩の言質《げんち》でも与えねば良いがと懸念いたしておりまする」

「植田は交渉の場になど出んわ」

家康が不機嫌そうに酒井から目を逸らした。

「ワシは、奴が足軽の頃から知っておりまするが」

家康に代わり平八郎が酒井に向き直った。

「茂兵衛に限って、当家に仇なすようなことは決して申しません。仲間は決して裏切らん男にござる。殿が『なにも言うな』と申しつければ、たとえ秀吉から拷問を受けてもなに一つ喋りませんわい」

と、平八郎が「かつての親友」を擁護した。

「よう申した、平八」

家康が呵呵大笑した。

それを機に家康は、茂兵衛の鉄砲隊を我が子の護衛として、大坂へ送ることに決めた。

「あまりに酷い話ではありませぬか」

庭に面した陽当たりのいい廊下で、三歳になった綾乃《あやの》を膝に抱いた寿美《すみ》が、大きな体を折り曲げて蹲《うずくま》る亭主に愚痴《ぐち》をこぼし始めた。

「おい、今話しかけるな。後から聞くわい」

足の爪を切っていた植田茂兵衛が手を止め、女房を睨んだ。この時代、爪は和鋏《にぎりばさみ》で切る。力が入りにくく、硬い足の爪を切るときには特に腐心した。下手をすると肉までザックリ切ってしまう。

亭主から睨まれても、憤懣《ふんまん》遣《や》る方《かた》ない女房は口を閉じようとはしなかった。

「まだ十一歳の若君を、ようも大坂くんだりまで」

ペチン。

「御養子などと取り繕っても、所詮は人質にございましょう」

パチン。

「常日頃から殿様は、於義丸君に冷たい……」

「寿美よ」

堪えきれずに作業の手を止め、顔を上げた。

「はい？」

「指を切るではねェか。後で聞くと申しておろうが」

「貴方様《あなた》の方が、後で爪をお切りになっても宜しいのでは？」

「なんだと？」

夫婦はジッと睨み合ったが、やがて――

「……ま、それもそうだな」

茂兵衛が折れて鋏を置くと、弾かれたように寿美の膝の上で、幼い綾乃が笑い声をあげた。

「これ綾乃、なにが可笑《おか》しいか？」

「もへえ！」

娘は父を指さして名を呼び、コロコロと笑い転げた。

「寿美、おまん、どういう育て方をしておるのか？　この娘、父親を指さして笑い者にしとるぞ」

「もへえ！」

「こら、ちゃんと父上と呼ばぬか」

「よいではありませぬか、元気で、明るく、天真爛漫《てんしんらんまん》」

「もへえ！　キャッキャキャッキャッ」

「あ、あのね……」

鬼をもひしぐ鉄砲大将も、妻子の前ではからっきしである。

要は——寿美は人質として大坂に送られる於義丸に同情しているのだ。浜松城下の女たちの多くが同意見らしい。家康にはどこか、於義丸を疎《うと》んじるところがある。後見人である本多作左衛門がどんなに頼んでも、同じ浜松城に住みながら我が子が三歳になるまで会おうともしなかった。

「双子としてお生まれになったから、畜生腹と言われたそうな」

「魚に似ておると顔を背《そむ》けられた由」

なぞと、家康が於義丸を嫌う理由は様々語られているが、茂兵衛には個人的に思い当たる節が一つあった。二年前の伊賀《いが》越えで、茂兵衛が本能寺《ほんのうじ》での異変を伝えると家康は錯乱した。その折、青い顔をして「築山《つきやま》の祟《たた》りか」と確かに口走ったのだ。

築山殿——今川義元《よしもと》の姪で、名を瀬名《せな》姫という。家康の本妻だ。

不幸な事情と誤解が重なり、家康はこの年上の妻を殺さざるを得なかった。生前の築山殿は悋気《りんき》の強い女性で、家康の側室が於義丸を身籠ったときには半狂乱となった。しかもその側室が、元々築山殿の侍女であったから始末が悪い。側室は岡崎城《おかざきじょう》から浜名湖《はまなこ》東岸の雄踏《ゆうとう》へと移され、当地の代官であった中村《なかむら》氏の屋敷で於義丸を出産したという。つまり、家康の居城である浜松城で産むことさえ許されなかった次第だ。如何《いか》に家康が築山殿に遠慮していたかの証左と言えよう。そんな風だから、築山殿の死後も、家康は亡き妻の怨霊が怖く、於義丸を慈《いつく》しめないのではないか——茂兵衛はそんな風に考えていた。

「それにしたって、若君にはなに一つ罪《つみ》も科《とが》もないわけですから」

「その辺は殿様も分かっておられるさ。だからこそ同行する小姓衆には、石川伯耆守様の御次男と本多作左衛門様の御次男を選ばれた。いずれも武勇と胆力に優れた英才だそうな。殿が若君のことを案ずればこそだ」

石川は徳川家の次席家老だし、本多作左は於義丸の傅役《もりやく》だ。二人の重臣《おとな》の倅《せがれ》を小姓として付けるからには、家康が於義丸のことを「御座なりに見ていない」と言えなくもない。

ちなみに、今回於義丸の小姓に選ばれた本多作左衛門の次男は仙千代《せんちよ》という。齢《よわい》は十三。日本一短い手紙として知られる「一筆啓上火の用心、お仙泣かすな馬肥やせ」に見える「お仙」とは彼のことだ。この手紙、去る長篠戦《ながしののいくさ》の折、父である本多作左が陣中で留守を守る妻に宛て認《したた》めたものである。

「ま、父御《ててご》なのですから、そのぐらいは当然です」

と、寿美は三十を過ぎてもまだまだ美しい顔をプイと背けてしまった。

(まったく。不満は殿様に直接ぶつけてもらわんと……亭主に当たられても困るがね)

「寿美よ」

「はい？」

膝に綾乃を抱いたまま、こちらに向き直った。小首を傾《かし》げた表情が、童女のようで好ましい。

「もう切っても宜しいか、爪？」

「あ、どうぞ──」

古女房殿が莞爾《かんじ》と微笑《ほほえ》んでくれた。

ペチン。

茂兵衛の爪切りが再開された。

「それにしても、お前さま」

「うん？」

パチン。

「タキ殿はどうして貴方を避けるのかしら？」

ペチン。

「別に、避けてはおらんだろう」

「いつも松之助《まつのすけ》殿を連れて遊びに見え、夕餉《ゆうげ》まで食べて帰られるのに、お前さまがいる時に限り、寄り付きもしないから」

「……あの」

爪を切る手が思わず止まった。背筋を冷たい汗が流れた。

「どうされました？」

「多分、俺のことが怖いのさ。ガキの頃は田舎の村で暴れん坊だったからなァ」

「それはおかしい。松之助殿を御養子に迎える前は、貴方を避けるようなことはなかったですもの」

「そ、そお？」

動揺を覆い隠し、また爪を切ろうとしたのだが、指先が微妙に震えて危なっかしい。茂兵衛は爪切りを諦め、妻の話を真剣に聞こうとする夫を演じて、寿美に向き直った。

茂兵衛が綾女《あやめ》に産ませた松之助は現在、朋輩の辰蔵《たつぞう》と妹タキの夫婦が、我が子

として育ててくれている。タキが身籠っていなかったことは、寿美も知っていよ
うから「植田村で末の妹が産んだ子を、子のない辰蔵夫婦が養子に迎えた」との
体《てい》になっていた。
「まるで、松之助殿を貴方に会わせたくないみたい」
「そ、そんなことがあるものか」
ないことはない。
松之助を茂兵衛に会わせれば、茂兵衛は伯父として我が子と相対せねばならな
くなる。しかも寿美の面前でだ。朴念仁で戦《いくさ》以外は万事不器用な兄が、下手に
父親の顔を垣間見せてしまい、寿美に不審を抱かれるのをタキは恐れているのに
相違ない。
（ま、タキの奴の配慮に感謝だわな）
綾女との逢瀬《おうせ》は、後にも先にも一度きりだ。その一度で彼女は身籠り、松之助
を産んだ。そして産褥《さんじょく》を患い不帰の人となったのだ。正直に事情を話せば「寿
美も収まってくれるのでは」と考えたこともあるが、茂兵衛にはどうしてもその
勇気が持てなかった。
（柄にもなく、色男を気取った天罰か）

ふと、寿美の膝の綾乃と目が合った。よく笑う朗《ほが》らかな娘が、茂兵衛をジッと睨んでいる。まるで、父の心の奥底を見透かしているような眼差しだ。

思わず茂兵衛は、三歳の娘から視線を逸らした。

二

翌日、茂兵衛は石川数正から呼び出された。着座して一礼、茂兵衛が顔を上げるなり、石川は口を開いた。

「貴公、於義丸君にお目にかかったことはあるか?」

「勿論、お顔は存じ上げております。ただ、親しく御面談頂いた覚えはございません」

「なるほど」

於義丸は浜松生まれの浜松育ちだが、茂兵衛の方が、山奥の砦やら、甲斐やら、信濃やら、各地を転戦しており、ほとんど面識がなかったのだ。

「では、一度御挨拶致そう。ついて参れ」

次席家老は立ち上がり、さっさと先に立って歩き出した。

(石川様……相も変わらず愛想も糞もねェわ)

内心で苦笑しながら、慌てて後に続いた。

石川は――多分だが、茂兵衛を嫌っていない。年齢が十四、五歳も違う上役だから昵懇《じっこん》ということはないが、それでも「ある程度は好かれている」との感触を持っていた。徳川家内には、茂兵衛を嫌う人々が一定数いる。言動や行動を嫌悪されるのなら自業自得だが「百姓の出だから」との理由で毛嫌いされるのには、さすがに閉口した。武功を重ね、身分が上がるにつれ、露骨に眉をひそめる者こそいなくなったが、顔を見て話せば、悪感情はなんとなく伝わるものだ。

(その点、石川様は初対面の頃から、俺の出自に拘《こだわ》る風がなかった。俺としては大層有難かったのだが、如何《いかん》せん、ぶっきら棒というか、愛嬌のない御方だからのう)

前を歩く石川の細い背中を見下ろしながら、茂兵衛は「こういうところなのだろうなァ」と彼のために嘆息を漏らした。石川は、筆頭家老の酒井と共に、徳川家の屋台骨を支えている。岡崎城代として、また三備《さんぞなえ》の西三河衆旗頭《はたがしら》としての働きは誰もが認めるところであろう。ただ、左程には人望がない。人望と言うより、人気がない。

「伯耆殿は、真面目一方で暗い」

「与七郎殿は、面白みに欠ける」

「御家老は冷たい。人情味に欠ける」

なぞと陰口を叩かれることも多い。人の上に立つ者の資質は様々だ――知力、胆力、視野の広さ、抜け目のなさ、厳格さ、そして愛嬌か。知力や胆力は、当たり前として、問題は最後の愛嬌であろう。

一般に、主人や上役から見て、家臣や下役の愛嬌は優先順位の低い資質と言える。面白味や可愛げがなくとも、仕事をちゃんとこなす男の方が有難い。その逆の部下を求める上司は、よいしょに弱い駄目上司と相場が決まっている。

しかし、下役から見る場合、上役の資質としての愛嬌は、必須の項目となる。どんなに優秀でも、愛嬌の無い――面白味のない上司に仕えるのは鬱陶《うっとう》しいものだ。不愛想な石川は家老職である。徳川家の中で、彼が主人家康から深く信頼される一方で、その他の家来衆からは不人気なのだ。

（ま、その点、我が殿は滅法愛嬌がおありになるから心配ねェわ）

デップリと肥え太り、女好きで、好物は蕎麦《そば》がき、五ヶ国の太守《たいしゅ》となった今も、鄙《ひな》びたお国言葉で馬鹿話をして笑う。目尻の、あの深い笑《わら》い皺《じわ》はどうだ。家康が家臣団から大層好かれている所以《ゆえん》だ。

（あ、ほうか……なるほどねェ）

不意に茂兵衛は、一つの着想を得た。

家康は、自らの考えが家中の意見と相反し、かつ自説をどうしても強行したい場合、誰か一人「憎まれ役」を作るのではなかろうか。「弾避け」と形容してもいい。で、今回は間違いなく自分だ。憎まれ役は茂兵衛である。対秀吉和平派である点で、家康と茂兵衛は同意見だ。しかし、平八郎以下の強硬派が家中の過半数を占める現状で、敢えて家康は評定の席で茂兵衛に意見を求めた。結果、茂兵衛は口籠ったが「主命」を振りかざしてまで、発言を無理強《じ》いしたのだ。結果、茂兵衛は平八郎に殴られ、家康は評定の席からサッサと逃げ出した。

（酷《ひで》ェわ殿様……御自分が嫌われそうなことは、誰ぞに罪をなすりつけて、手前《てめ》ェは知らん顔かい。まったくあのお人ばかりは、食えん奴《やつ》ちゃ）

今、前を歩いている石川や、筆頭家老の酒井忠次も、度々、家康の「弾避け」として使われた結果、家中での人気が今一なのだろう。反対に平八郎や、榊原康政などの豪勇の士を弾避けに使うことはしない。彼らのことは家中の人気者としてその名に傷をつけない方が己が身の得と分かっているのだ。

（俺はどうだら？　俺もどちらかと言えば豪勇の士だろうが……）

残念ながら、家康の頭の中での茂兵衛は、「弾避け」の範疇《はんちゅう》に入っていそうだ。

「大坂までお供させて頂きます。植田茂兵衛と申しまする」

と、上座の若君に、書院の下座で平伏した。

生母の於万《おまん》の方《かた》が我が子を掻き抱くようにして、すぐ後方に座っている。四十少し前の小太りな婦人で、あまり美しくはなく、賢そうでもない。息子との別れが余程辛いのだろう、泣きはらした目をしている。とても哀れだ。

また、傅役の本多作左衛門が同席していた。通称「鬼作左」——こちらは、顔に幾つもの古傷がある。武士の中には暑苦しいからと戦場で面頬《めんぼお》を着けない者も多い。潔いのも結構だが、中年以降はこういう「物凄い顔」で過ごすことになる。ちなみに、茂兵衛は兜《かぶと》と面頬をしっかり着けて戦場に臨む。配下の寄騎たちにも面頬の着用を促している。お陰様で顔に目立った傷はない。ただでさえ怖い顔なのだから、その上に×点が幾つもついていては、寿美に嫌われよう。

「大きいな……」

若君が作左衛門を見て微笑んだ。茂兵衛の体軀のことを言っているようだ。

間近で見る於義丸は、負けん気の強そうな顔をしていた。喧嘩をすると泣き狂いながら食い下がり、決して負けを認めない——希《まれ》にそんな子がいるものだ。植田村当時、喧嘩無敗の茂兵衛が一番難儀をしたのは、例外なくこの手の顔つきの少年だった。

（おいおいおい、間違いねェわ。このガキは性質《たち》悪いぞ）

ちなみに、茂兵衛の言う「性質の悪いガキ」は、誉め言葉である。

「植田は、鉄砲隊を率いておるのか？」

性質の悪い若君が訊いた。

「御意ッ」

「出自は百姓だと聞いたが？」

「御意ッ」

「出世したからには、さぞやたくさん殺したのであろうな。今までに敵を幾人殺した？」

「若君……」

顔に無数の×点をつけた作左衛門が、於義丸を諫《いさ》めた。

「爺、よいではないか。武勲《ぶくん》を訊いておるだけじゃ」

於義丸が口先を尖らせた。

「言い方にござる。『敵を殺したか』は不躾《ぶしつけ》。『敵を倒したか』と申されるべきかと存ずる」

「ならば植田、敵を幾人倒したか？」

「確《しか》と勘定してはおりませぬが、百人前後かと」

——大嘘である。子供相手であり、大分遠慮した数だ。

槍で突いて殺した数、絞め殺した数、殴り殺した数を合わせると、少なくとも二百は超えているはずだ。鉄砲大将として配下の斉射で殺した数を合わせれば、千に届くのではあるまいか。時折、後生が怖くなる。

「百人も……幾人かは化けて出たか？」

「いえ、一度も」

「ないのか……やはり、幽霊なぞと申すものは、迷信なのかな？」

「そういえば拙者も随分と殺しましたが、化けて出られた経験は皆無にござる」

「これ作左衛門、今お前は『殺した』と申したぞ。不躾である。『倒した』と言い直せ」

と、傅役をやりこめた。於義丸はまだ十一歳である。

（おいおいおいおい。この若様ァ滅法できがええぞ。負けん気が強くて、頭も切れる……将来のことを考えれば、気に入られておいた方が得だな）

「若君……」

「なんじゃ、植田？」

「化けて出られた覚えこそございませんが、実は面妖なことが、一度だけございました」

「面妖なこと、とな？」

於義丸、食いついてきた。

「三方ヶ原《みかたがはら》戦の趨勢《すうせい》が決した後、それがしは討死した恩人の骸《むくろ》を捜しておりました。遺品の一つでも持ち帰ろうと思いましてな」

「それで？」

身を乗り出してきた。

「ススキの陰から『おい、茂兵衛』と呼ぶ声が致しました」

「おい、茂兵衛とな」

「はッ。そこで、そのススキを掻き分けてみると……その恩人の骸が横たわっていたのでございまする」

「まだわずかに、息があったのではないか？　最後の気力を振り絞り、貴公の名を呼んだとも考えられよう」

作左衛門が横から割って入ってきた。

「息はおろか、首級を獲り去られた後の、首無しの骸にございました」

「なんと……」

話を聞いていた四人——於義丸、於万の方、石川数正、本多作左衛門が口をそろえて呟いた。

この話には、勿論嘘偽りはない。恩人とは夏目次郎左衛門《なつめじろうざえもん》の郎党で、美男の鉄砲名人、大久保四郎九郎《おおくぼしろうくろう》のことだ。首こそなかったが、体つきと直垂《ひたたれ》、多数の弾丸を所持していたことから、そしてなによりも「おい、茂兵衛」があったので、彼の骸と断定した。

「きっとそのお方は……どうしても植田殿に、骸を見つけて欲しかったのであろうよゥ」

そう言って於万の方は袖で顔を覆った。

於義丸の前を辞し、石川の後に続いて廊下を歩いていると、背後から足音が追ってきた。作左衛門である。

「茂兵衛よ、これを受け取って欲しい」

作左が差し出したのは、縦五寸（約十五センチ）に幅二寸（約六センチ）ほどの奉書に包んだ木札であった。

「実は於万の方様は、岡崎知立神社《ちりゅうじんじゃ》の神職の御息女でな。父御が一心に祈禱《きとう》された霊験あらたかなる『矢弾避けの神符』だそうな」

於万の父は、岡崎城の奥へ奉公に上がる娘に、三人分の神符を持たせた。於万は一枚を家康に、一枚を我が子に渡したが、もう一枚は渡す相手もおらず、手元に残していたのだ。その最後の一枚を、あえて植田茂兵衛に渡したいと思い立ったそうな。

「そのような大事なお品、なぜそれがしなんぞに？」

少々有難迷惑にも感じていた。重い。込められた父親の気持ちが重すぎる。

「女子《おなご》の直感であろうよ。今後、家康公と於義丸君を守って欲しいと涙を流しておられた。貴公も武士なら、漢《おとこ》なら、受け取るべし」

茂兵衛は石川を見た。次席家老は黙って頷いた。

「では、頂戴致しまする。それがしの命が続く限り、殿様と若君をお守り致します。お方様に左様お伝え下さい」

「確かに、お伝え致そう」

本多作左衛門が深々と頷いた。

三

浜松から大坂までは六十七里（約二百六十八キロ）もある。

まず西へ進んで岡崎城に入り、次に濃尾《のうび》平野を斜めに横切る。大垣《おおがき》から関ケ原《せきはら》を抜け、琵琶湖《びわこ》南岸を巻いて京《きよう》を経て、大坂へ至る道程だ。険しい山越えこそないものの、大河は幾つか渡渉《としよう》せねばならない。護衛は騎馬隊と健脚の茂兵衛隊だが、肝心の於義丸は輿での移動と決まった。日に五里（約二十キロ）進むとして、半月ほどもかかる長旅だ。

家康からは、十二月の十日までに大坂城へ入れとの命を受けている。十二月十二日が大層な吉日だそうで、秀吉が養子於義丸の「元服の儀を執《と》り行いたい」と伝えてきたそうな。

於義丸一行が浜松を発《た》つ天正《てんしよう》十二年（一五八四）十一月十九日は、どんよりと曇り、小雪がちらつく朝となった。明日が冬至だから、大坂に入るのは小寒《しょうかん》過ぎ、かなりの冷え込みが予想される。

家康は於義丸を書院で引見し、別れを告げることになった。於義丸の準備ができるまで、石川数正と茂兵衛は、控えの間で待機していた。

「大坂に到着してすぐに、元服の儀にございまするか」

「らしいのう」

茂兵衛が声を潜めて訊くと、石川が小さく頷いた。

茂兵衛は護衛役であるから甲冑《かっちゅう》をつけているが、石川は和睦の使者でもあり、直垂に烏帽子《えぼし》を被る正装だ。

「吉日に拘るということは、人質としてではなく、正規の御養子として扱うとの大坂方の意思表示にも受けとれような」

「確かに」

対秀吉和平派と、家中で目の敵《かたき》にされ勝ちな石川と茂兵衛だ。先方が融和的であればあるほど都合がいい。反対に、於義丸の待遇が悪いと、浜松には戻り辛くなる。

「於義丸君の御仕度が整いましてございまする」

広縁に控えた小姓が伝え、茂兵衛と石川は席を立った。

於義丸は緊張していた。傅役である本多作左衛門に付き添われ、俯《うつむ》き加減で佇《たたず》んでいた。茂兵衛の顔を見ると笑顔を見せたが、幾分硬い。家康が於義丸と言葉を交わすのは久しぶりであると、作左が悔しそうに呟いた。

若君と作左を先頭に、石川、茂兵衛の順で家康の書院に入った。

「於義丸、大儀。大儀であるぞ」

と、家康が身を乗り出し、微笑んだので、背後から見ていても於義丸の緊張が和らぐのが分かった。

(殿様よォ。十一歳の倅を、ここまで緊張させてはいかんがね。築山殿の祟りか知らんが、子供に罪はねェ。慈しまにゃ)

茂兵衛の娘などは、緊張感がなさすぎて「もへえ!」と父の名を叫んでは笑い転げている。ま、もう一人の子は、妹夫婦に押し付けているが――あまり家康のことばかりは言えないか。

家康は於義丸に、餞別《せんべつ》として銘刀「童子切安綱《どうじぎりやすつな》」を贈った。平安の刀匠が鍛えた長大な太刀である。

「どうじゃ。母上にはちゃんと御挨拶したか?」

「昨夜はよく眠れたか？」

「はい」

「あ、そう」

ここで父子の会話は途切れた。家康も喋り難《にく》い様子である。どこか強張《こわば》った笑顔で頷いているばかりだ。なにせ家康にしてみれば、今まで放っておいた倅に、自分が大坂へ行くと殺されるかも知れないので「代わりにお前が行け」という、なんとも情けない状況なのだ。父として男として、口数が減るのはむしろ当然だろう。作左も石川も助け船を出そうとはしない。ま、出しようがないのだろう。

四人の大人と一人の子供が、居たたまれない沈黙を共有していた。

「今朝の於義丸君は、精がつくようにと餅を二つお食べになり申した」

「ほう。美味《うま》かったか？」

「はい」

「あ、そう」

作左が無理に話題を振ったが、会話の進展は不発に終わった。

（話題の振り方が下手なんじゃねェのか？　こんな朝に、餅の話で盛り上がるわ

けがねェ）

むしろ、今後の見通しなどを率直に話した方が、会話は転がるような気がした。家康も同じように感じたのだろう、俄《にわ》かに扇子の先を倅へと向けた。

「於義丸、こちらへ……父の傍へ寄れ」

意を決したように家康が於義丸を扇子で指し招いた。少年は父の前へと膝を擦って進んだ。

家康は右手を倅の肩に置き、まるで大人に語りかけるように、静かな低い声で話し始めた。

「ええか。徳川は羽柴家とはもう戦わん。父は、秀吉殿の家来になる。そう決めた。おまんは秀吉殿を実の父上と思いお仕えせよ。さすれば、必ずおまんの道は拓けよう。おまんといつか共に暮らせる日が来るのを心待ちにしておる」

「……は、はひ」

あの賢くて気の強い於義丸が泣きだした。その場にいた誰もが、涙を拭《ぬぐ》った。茂兵衛には於義丸の気持ちが察せられた。於義丸は嬉しかったのではなかろうか。おそらく、初めて父親が自分と真剣に向き合ってくれた。それが嬉しくて少年は泣いたのだ。

家康が旅立つ息子を城門まで見送ることはなかったが、その代わりに、本多平八郎、榊原康政、井伊直政ら、綺羅星《きらぼし》の如き侍大将たちが、寄騎たちを従え、甲冑姿で整列して於義丸の門出を祝った。

「いつ何時でも、若君とともに戦う」

との無言の決意表明であろう。

行列は、先頭を進む十騎の騎馬武者が露払いをし、その後方を茂兵衛の鉄砲隊が進んだ。於義丸の輿の周囲は、石川と騎馬の小姓衆が固め、さらに三百からの騎馬隊が続いた。石川と小姓衆以外は全員が重武装の甲冑姿である。

平八郎の前を通り過ぎるとき、茂兵衛はわずかに会釈をしたのだが、平八郎がそれに応じてくれることはなかった。むしろ不快そうに顔を背けられた。代わりに、平八郎の後方に佇む弟の丑松《うしまつ》が、困ったような笑顔で、小さく会釈を返してくれた。

(丑松の奴ァ、手前ェ《てめ》の主人と兄貴が喧嘩しとるもんで、どうしていいのか分からんようになっとるんだなァ)

実弟の丑松は、少し頭が弱い。平八郎と茂兵衛の間に入っての仲裁など期待しても無駄である。ただ、心の優しい弟を悩ませ、苦しませていることに、茂兵衛は後ろめたさを感じていた。

（平八郎様は、もう俺を許す気なんぞねェみてェだ。これで縁は切れるのか。寂しいよなァ）

甲冑の下で、茂兵衛はガックリと肩を落とした。

最下層の足軽として徳川家に仕え、当時売り出し中だった本多平八郎の旗指足軽《はたさし》に抜擢《ばってき》されたのは、永禄《えいろく》七年（一五六四）のことだ。以来二十年の親しい付き合いが、今終わりかけている。年齢は茂兵衛の方が一つ上なのだが、平八郎のことは実の兄のように思っていた。

その一方で、平八郎が旗振り役となっている対秀吉強硬派に反対なのは、今もって変わらない。茂兵衛は決して平和主義者というわけではないから、もし戦って勝てるのなら、雌雄《しゆう》を決すべきだし、決したいと思う。

ただ、勝てない。勝てる気がしない。

小牧長久手戦《こまきながくてのいくさ》において、徳川が大勝利を収めた羽黒砦《はぐろとりで》の奇襲戦と長久手戦に、茂兵衛は参戦した。敵を圧倒したのは事実だが、もし鬼武蔵《おにむさし》こと森長可が

——あの、戦は自分一人でやるものと勘違いしていた阿呆が敵側に居なかった

ら、勝負はどうなっていたのか分からない。

（鬼武蔵の馬鹿はもういねェし、俺らの悪運が、そうそう続くとも思えねェ。ま、次にもう一度やったら……九、一で負けるわなァ）

徳川家内では強硬派が圧倒的である。当初は風を読んで本音を隠し、日和見《ひよりみ》を決め込んでいた茂兵衛だが、そこを主人家康に見透かされ、矢面に引き摺り出され、今や次席家老の石川と共に、対秀吉和平派の黒幕と見られている始末だ。

浜松城の大手門を出ると、於義丸の行列は浜名湖北岸に向け、本坂道《ほんさかみち》を北上し始めた。後年、姫街道《ひめかいどう》とも呼ばれる往還だ。まず道は、城の裏手の台地へと上った。言わずと知れた三方ヶ原である。

この辺りまでくると、さすがに哀れな若君を見送ろうとする人も疎《まば》らになってきた。

（ん？）

道から少し奥まった草叢に身を隠すようにして、三人の女が跪《ひざまず》き、於義丸の行列を拝む姿が、ふと茂兵衛の目に入った。三人並んだ中央の女が、わずかに顔を上げた。

（おい。あれは、於万の方様じゃやねェのか？）

背後に小者らしき老人を一人従えているだけで、警護の武士を連れている様子もない。於万の方は齢三十七、取り立てた美女でもなく、平凡な中年の婦人なのである。誰も五ヶ国の太守の側室が跪いているとは気づかずに通り過ぎていく。茂兵衛は馬上で振り返り確認したが、於義丸の輿にも変化はなかった。息子が母親の見送りに気づくことはなかったのである。

（ま、これでええのさ）

と、茂兵衛は納得して頷いた。

もしここで於義丸が母に気づき、愁嘆場《しゅうたんば》を演じることになれば、折角思い切った――せめて、思い切ろうとしている於義丸の決心が揺らぎかねない。そこのところを分かっているから、於万の方も、こうして目立たぬように、路傍から我が子の無事と息災を祈ろうと考えたのだろう。

（母親の気持ちは達せられ、若君に里心がつくこともなかった。つまり、これで四方円満ということだからなァ）

茂兵衛は甲冑の胴の上部、胸板の辺りをそっと触った。裏側に於万の方から贈られた岡崎知立神社の御札を貼り付けてある。

（先の先までは請負えんが、少なくとも大坂まで、於義丸君はこの植田茂兵衛が

命を懸けてお守り致しまする)
茂兵衛は、母心に誓い、心中で頭を下げた。

四

於義丸一行は、大坂へ向けて粛々《しゆくしゆく》と進んでいた。

昨晩は岡崎城に一泊した。旅は四日目に入っている。今朝早くに城を出て矢作《やはぎ》川《がわ》を渡った。水こそ冷たかったが、季節柄水位は低く、危険はなかった。もうすでに十七里(約六十八キロ)は来ている。ざっくり全行程の四分の一ほどか。旅はおおむね順調であった。

万が一、敵襲を受けた場合の手筈《てはず》も、前もって綿密に決められていた。

緊急の場合、鉄砲隊に加えて、百人の騎馬隊が茂兵衛の指揮下に入り、襲撃者に応戦する。その間に輿から馬に乗り換えた於義丸を、二百の騎馬隊が押し包むようにして、まずは岡崎城まで逃げ帰る。茂兵衛指揮下の騎馬隊と鉄砲隊は、全員が玉砕覚悟でその場に踏みとどまり、於義丸が逃げる時を稼ぐ。

決死の覚悟——多少、大仰だろうか。

（そんなこたァねェ。ここから先は、尾張を斜めに突っ切るんだ。ほんの数ヶ月前まで秀吉方と織田徳川方が睨み合っていた激戦地だわ。徳川に遺恨を持つ者も少なくねェはず。なにがあるやら、知れたもんじゃねェ）

ま、周到に準備し、警戒を怠らないのが心得というものであろう。

色々と策は練るのだが、そもそも子供には、六十七里（約二百六十八キロ）の強行軍自体が辛いものだ。於義丸も、疲労の色は隠せない。しかも事実上の人質として、敵城に送られるのだということを、この敏《さと》い少年はよく理解していた。さらには、十一年間一緒にいてくれた母とも初めて離れ離れになった。疲労、人質、離別――この三重苦で、日頃は気持ちの強い於義丸も、さすがに輿の中で俯き勝ちである。

「お頭《かしら》」

すぐ後ろから、三番寄騎の花井庄右衛門《はないしょうえもん》が呼び掛けた。

「ん？」

振り向けば、直垂姿の石川数正が持ち場である輿の傍らを離れ、只《ただ》一騎、こちらへ馬を進めてくるのが目に入った。

「おう。分かった」

茂兵衛は花井に頷いた。

花井の阿呆は相変わらず、母親から贈られた派手な色々威《いろいろおどし》の当世具足《とうせいぐそく》を着用している。戦場では目立ち過ぎ、敵の弓や鉄砲に狙われるから、もっと地味な甲冑を選べと幾度か伝えているのだが「母の気持ちを無にできない」と、未だに取り替えようとはしない。

（ま、母の想いも色々だなァ）

最前、身を隠すようにして我が子の無事を祈っていた母がいる。我が子に武勲を立てさせようと精一杯目立つ甲冑を贈り、その結果として、当の我が子の命を危険に晒《さら》している母もいる。

自分は実母との間に確執があった。茂兵衛が大人になったとき、母が謝罪し、それを受け入れた。以来、母と子の距離感は近くもなく、遠くもない。理想的だと自分では思っている。

（そのくらいで、丁度ええのよ）

と、雷《いかずち》の手綱を引いて鼻面を後方に向け、鐙《あぶみ》を小さく蹴って隊列を離れた。

後方からやってくる石川に馬を寄せた。

「如何《いかが》されました？」

「植田よ。ちと相談がある」

石川は、さらに馬を寄せ、茂兵衛の耳に囁《ささや》いた。

「お輿の中で『大坂になど行きとうない』とゴネておられる」

「左様にございまするか」

（やはり子供だわ。まだ十一だものなァ。三方ヶ原で母御と愁嘆場など演じていたら大変なことになってたわ）

「なんぞおまん、若君を元気づけられんか？」

次席家老は、困り果てた様子だ。

「それがしがですか？」

「おうよ」

「唄でも歌いまするか？」

「たァけ。相手は子供だら」

「寄騎の木戸《きど》辰蔵は、裸踊りの名手にござるぞ」

「たァけ。ワシが見とうないわ」

「それがしに芸などはございませんよ」

「案ずるな、おまんならできる。おまんは座談の名人じゃ」

石川は茂兵衛の肩に手を置き、真面目な顔で頷いた。

「ざ、座談の？」

大久保四郎九郎の幽霊話で、茂兵衛は於義丸の心を捉んでいる——と、石川は買い被っているようだ。

「それより、たまには馬にお乗せしては如何です。薄暗い輿の中にお一人で座っているよりはお気が晴れましょう」

「うん。それはええなァ」

「ん？」

ふと茂兵衛は、彼方《かなた》を凝視した。ここは濃尾平野だ。街道の両脇には、秋の収穫を終えた田圃《たんぼ》が延々と広がっている。

「伯耆守様、それがしに思案がございます」

と、言うが早いか、石川の返事も待たずに、花井に振り向いた。

「すぐに、小栗金吾《おぐりきんご》をここへ呼べ！　狭間筒《はざまづつ》を持ってこさせろ」

「狭間筒と申しますと……あの、とても長い？」

「ほうだら。とっとと呼んで来い！」

「ははッ」

花井が、鉄砲隊の最後尾を歩いている小頭《こがしら》を呼びに、馬で走り去った。

「おまん、なにをする気だ?」

石川が焦《じ》れたように質した。

「アレにございます」

と、茂兵衛は彼方を指さした。

「ここから、アレを撃つのか?」

片膝を突いて畏《かしこ》まる茂兵衛に、輿の中から於義丸が質した。少年の声には、明らかに不信の念が滲んでいる。他人の言動を安易に真に受けないのは、知能の高さの証明であろう。

アレとは——止まった行列の右手の彼方、稲の刈り取られた田圃で、餌をついばむ一羽の見事な雄雉《おすきじ》を指す。

「茂兵衛、でたらめを申すな。一町(約百九メートル)はあるぞ」

「これに控えおります小栗金吾は、我が鉄砲隊の小頭なれど、自らも鉄砲名人にございまする」

上役から名人と持ち上げられた赤ら顔の若者が、顔を伏せたまま、月代《さかやき》までを朱に染めた。

「長射程の狭間筒を用い、一町の間合いから見事に雄雉を撃ち抜き、若君に献上致したいと申しておりまする」

――無論、慎重な小栗が、そんな大言壮語をするわけがない。幾ら於義丸を元気づけるための余興とはいえ、ハッタリをかますにもほどがある。茂兵衛の傍らで畏まる小栗が、クーと小さく鼻を鳴らした。

（たァけ。ここは一世一代の勝負だら。おまんは生涯小頭で終わるつもりか？　もしここで首尾よく雉を獲れたら、俺ァ浜松でおまんの武勲を言って回る。於義丸君を驚嘆させた鉄砲名人小栗金吾ここにあり、とな。今度こそ、おまんを馬乗りの身分にしてやれるがね）

実は、この件《くだり》には伏線があった。

小牧長久手戦の直後、筆頭寄騎として長く茂兵衛隊を支えた大久保彦左衛門《おおくぼひこざえもん》が足軽大将に抜擢され、鉄砲隊を抜けたのだ。自然、鉄砲隊寄騎が一人欠員となる。茂兵衛は、この小栗を騎乗の身分に取り立て、四番寄騎に据えようと目論《もくろ》んだのだが「さしたる功もなし」と上役の大久保忠世からあっさり拒絶されてしまった。

「ま、おまんの寄騎は、しばらく三人でええだろう。横山《よこやま》と木戸と花井でやれや。そのうち小栗の昇進も考えるわ」

と、忠世は将来に含みを持たせて話を終えた。

結局、茂兵衛隊は、筆頭寄騎に横山左馬之助《さまのすけ》、二番寄騎に木戸辰蔵。三番寄騎が花井という布陣で戦うことになった。ま、上役の忠世に文句を言っても詮無いことである。「次の機会を待て」と小栗に因果を含め、諦めさせた——これが経緯だ。

「ええか……小牧長久手で、おまんは二度も撃ち損じとる」

茂兵衛は、狭間筒に火薬を詰める小栗金吾に耳打ちした。背後では於義丸と石川が固唾《かたず》を吞んで見つめている。この鉄砲は、長さが一間（約一・八メートル）もあるから、身の丈五尺三寸（約百六十センチ）の小栗の弾込めは大仕事である。鉄砲を傾けて火薬を注ぎ入れ、銃身を回転させながら均等に突き固めていくのだ。本当は、高さ一尺以上の踏み台に乗り、銃身を直立させて突き固めたいところだが、急場のこととて仕方がない。

「折角、鬼武蔵を撃ち倒す機会があったのに、一度は兜に当て、二度目はその場におらんかった。三度目の正直だ。騎乗の身になりたかったら、必ず当てろ。雉を獲って若君に献上せよ」

「はッ」

小栗は物静かな若者だが、腹は据わっている。このくらいの発破をかけても大丈夫だろう。むしろ気合が入るはずだ。これが花井辺りだと、緊張を緩める言葉をかけてやらないと、肩に力が入り大失敗しかねない。

「撃ちまする」

「よし。今後はおまんの判断でええ。よきところで放て」

「ははッ」

雄雉はまだ餌をついばんでいる。雉は賢い鳥だが、それがかえって裏目に出ているのかも知れない。人間とは「一町（約百九メートル）離れているから大丈夫」と高を括っている様子だ。

小栗は輿の於義丸に一礼した後、腹這いとなり、伏射の姿勢で銃口を雉に向けた。鉄砲を支える左肘を地面につけ安定させる。

四百人の行列からは咳《しわぶき》ひとつ聞こえない。誰もが、小栗とその鉄砲に注目していた。

「御免、やり直しまする」

茂兵衛に会釈して、小栗は身を起こし、今度は座り撃ちの体勢をとり直した。

「ふう……」

見守る於義丸以下の観衆から、一斉に溜息が漏れた。

伏射は安定感が抜群だが、仰角《ぎょうかく》を十分にとれない。一町先の的を狙うなら、銃口が天を向くほどの大きな仰角が必要になってくる。日頃なら、その読みを間違える小栗ではない。よほど緊張しているのだろう。

「ゆっくり大きく、一度息を吐け」

茂兵衛が小声で命じた。座り撃ちの姿勢のまま、小栗が息を吐いた。

「撃ちまする」

仕切り直しである。観衆たちも今一度固唾を呑みこみ、注目した。

「当たれ……」

誰かが小声で呟いた。

(まだだ。まだ撃たねェよ)

茂兵衛は心中で呟いた。銃口が上下に揺れている間、玄人《くろうと》は撃たない。

茂兵衛隊の鉄砲足軽たちが扱う六匁筒《ろくもんめづつ》は、頑丈な南蛮胴をも撃ち抜く強力な鉄砲だが、狙って当てる分には半町(約五十五メートル)が精々だ。それが狭間筒になると、一町以上の有効射程がある。例の「おい、茂兵衛」の大久保四郎九郎などは、一町半（約百六十四メートル）先の兎を撃ち抜いたものだ。

やがて、狭間筒の銃口がピタリと動きを止めた。

（撃つぞ）

ケンケン――ケン。

殺気でも感じたものか、仲間の雉が林の中で鋭く鳴いた。警戒の声だ。小栗に狙われている雄雉が動きを止め、首を上げた刹那――

ダ――ン。

銃口が跳ね上がり、二尺（約六十センチ）もの火柱と、濛々《もうもう》たる白煙が辺りを制した。ゆっくり一呼吸の間があって、一町彼方の雄雉は大きく後方へと弾き飛ばされ動かなくなった。

「お――ッ」

一同から歓声が沸き起こった。茂兵衛は振り返って輿を見た。少年が両の拳を突き上げ、狂喜している。成功だ。弾も当たった。若君も生気を取り戻した。

「小栗、走って獲物をとってこい。おまんの手から若君に献上せい」

「ははッ」

小栗が勇んで駆け出した。三貫（約十一キロ）もある狭間筒を手に持ったままだから少しよろけている。ただ、この方がいい。戻ってきて雉を於義丸に献上する。於義丸は必ず「狭間筒を見たい」と無心するだろう。その時、小栗が直接、手渡せるではないか。於義丸はその重さに驚く。野生の雉、長距離射撃、狭間筒の重さと共に、小栗金吾の名と顔が貴人の脳裏に記憶されるはずだ。人を売り込むとは、つまり、そういうことではなかろうか。

五

大坂へ入る前にと、京に丸一日滞在して英気を養った。

十二月八日早朝、京を発ち、淀川《よどがわ》に沿って京街道《きょうかいどう》を南下した。夜は枚方《ひらかた》に一泊の予定である。

この界隈《かいわい》には、思い出が詰まっている。

（あの時ァ、富士之介《ふじのすけ》を山崎《やまざき》に残し、左馬之助にはこの京街道を、俺は高野《こうや》への参詣道を下ったんだったなァ）

雷の鞍上《あんじょう》で、茂兵衛は二年半前の出来事を思い出していた。天正十年（一五八二）六月二日——本能寺の変の直後のことだ。

信長の長男、織田信忠《のぶただ》が立て籠る二条城《にじようじよう》を脱出した茂兵衛と横山左馬之助、茂兵衛の家臣である清水《しみず》富士之介の三人は、主君家康一行に京での異変を確実に伝える――行き違いになることを避けるべく、山崎の地で三手に分かれた。

（結局、高野の参詣道を進んだ俺が殿様の行列と行き合い、変事を伝えたんだ。そこから件《くだん》の伊賀越えが始まったんだからなァ）

あの時は確かに危なかった。

後方で馬を進める左馬之助に振り返り、親しく当時の思い出話などをしたいところだったが、事情があってそうもいかない。

伊賀越えが始まった日の翌朝には、左馬之助は上役である茂兵衛に、あろうことか槍の穂先を突き付けていたのだから。生駒《いこま》北方の山中での出来事だ。今は信頼できる寄騎だが、当時の話をするのは少し気が引けた。まだまだ笑い話にはできない。そこまで記憶は風化していない。無理をすると折角築いた信頼関係に罅《ひび》が入りかねない。

（ま、忘れたような面《つら》をしとった方が穏当だろうさ）

ポクポクポク。

背後から馬の足音が近づいてきた。この時代の馬は蹄鉄《ていてつ》を着けていない。一般に「日本馬の蹄《ひづめ》は硬くて丈夫」と言われるが、一応は、蹄を保護するために馬沓《うまぐつ》を履かせた。馬沓——円形の馬用《うまよう》の草鞋《わらじ》である。結果、馬の足音は「ポクポクポク」と聞こえた。

「お頭」

「え？」

呼ばれて振り向けば、件の横山左馬之助である。

「今、宜しいですか？」

「なんら？」

男前ではあるのだが、普段から愛嬌がなく、あまり笑顔を見せない左馬之助がどうしたことか、今日に限ってニヤけている。もじもじと恥じらうようで、なかなか用件を言い出さない。見れば頬まで朱に染めている。若干、薄気味が悪い。

「どした？」

「あの……拙者、嫁を貰うことにしました」

「嫁だと？　あ、そう……若ェ女子《おなご》か？」

「はい、今年二十三にございます」

「それはそれは、羨《うらや》まし……もとい、目出度《めでて》ェことだのう」

確か左馬之助は、天文《てんもん》十九年（一五五〇）の生まれだ。茂兵衛の三つ下だから今年三十五歳である。今までずっと独り身を通してきたので、一部からは「衆道愛好家で女に用がない」との噂まで出ていたほどだ。現在の彼は徳川の直臣《じきしん》だが、実家の横山家は元々、深溝松平《ふこうずまつだいら》家の重臣だった旧家である。弟もいないらしいから「名家が途絶えるのでは」と茂兵衛も要らぬ心配をしたものだ。ひと回り以上も若い嫁が来るのなら喜ばしい限りである。

「お頭も御存知の女子です」

「誰よ？」

「……青井《あおい》殿」

「青井？　誰だら、知らんがや」

「ほら、本能寺の折、二条御所を抜け出したでしょ？」

「あぁッ」

一気に記憶が蘇った。

本能寺の変の直後、信長の嫡男《ちやくなん》織田信忠が立て籠る二条御所は、明智勢に十重《とえ》二十重《はたえ》と囲まれた。御所の主《あるじ》の誠仁《さねひと》親王が退去される折、茂兵衛と左馬之助は女官の従僕に変装し、まんまと抜けだしたのだ。その折の、誠仁親王の女房に仕える女官の名が確か「青井」だった。

「おまん、どこでどうして繋がったのよ？」

「あの折、別れ際に紙切れを渡されまして……文が欲しいと」

「ふ、文が欲しい……つまり手紙の遣り取りということか？」

「はい」

以来二年半、文の遣り取りのみで愛と絆を深めていたのだが、今回、京に逗留した際、直に会って求婚し、承諾を得たそうな。青井は京の四条《しじょう》に屋敷を構える下級貴族の娘で、姓は清原《きよはら》。今も誠仁親王の女房に仕えている。親王は今上《きんじょう》(正親町帝《おおぎまちてい》)の嫡男であるから、ひょっとすると将来の帝かも知れない。

「や、そら目出度ェこったァ。新居は浜松か？」

「はい、今の屋敷を手直しして、住まおうかと考えております」

「ほうかい」

笑顔で頷きながらも、茂兵衛には一つ思い当たる節があった。

左馬之助は昨年、母親を病気で亡くした。生前の母親は、なかなかの女傑であったらしい。息子である左馬之助が三十を過ぎても干渉し、口うるさく、親子喧嘩が絶えなかった。酒の席で、酔った左馬之助が「あのお袋がいる限り、拙者は嫁など貰えませぬ」と零すのを聞いた覚えがある。嫁取りの障害となっていた母親が他界したことで、俄かに青井への想いが強まったのかも知れない。

「ま、仕来《しきた》りの違いやなんやで苦労もあるやも知れんが、慈しんでやれや。あの女性《にょしょう》は、俺らの命の恩人でもあるからなァ」

「はッ」

と、三十五歳の新郎が頬を染めた。

（浜松は、京育ちの青井殿から見れば草深い田舎よ。寿美やタキとの女の付き合いがどうなるか……浜松女と馴染めれば居ついてくれようが、馴染めんようなら早晩出ていくことになるわなァ）

寿美は朗らかで、優しく、善良だ。タキは繊細で情が細やかである。二人とも女性特有の意地の悪さ、業《ごう》の深さからは無縁だ。親王の女房の女官を務めるほどの敏い女なら、存外気が合うやも知れない。

「おい、植田！」

後方で石川数正が手招きした。

「左馬之助、後を頼むぞ」

「承知」

公私ともに充実した筆頭寄騎に指揮を託し、辰蔵に一瞥《いちべつ》をくれた後、雷の馬首を巡らせ、於義丸の輿に向かって駆け出した。

「小栗を、でございまするか？」

「うん。そう仰せじゃ」

石川と轡《くつわ》を並べ、話しながら進んだ。家老は気まずそうに目を伏せた。

於義丸が、鉄砲名人の小栗金吾を「近習《きんじゅう》として、大坂に連れていきたい」と所望しているという。「小栗の撃った雉をまた喰いたい」と涙ぐんでもおられるそうな。

石川が目を伏せたのには理由があった。於義丸の実状は人質なのである。一つ間違えば、秀吉に殺されかねない。その場合、近習である小栗も主人と共に死ぬのが定めなのだ。戦場で討死するのとはわけが違う。罪人のように一方的に只々殺されるのだ。秀吉の機嫌が悪ければ、磔《はりつけ》や火炙《ひあぶ》りで惨殺されかねない。石川の倅の勝千代《かっちよ》も本多作左衛門の倅の仙千代も、浜松を発つとき家族と水杯を交わし、覚悟を固めてきたという。

一方で、若君の近習となれば小栗も晴れて騎乗の身分になれる。引きも伝手《つて》もない一介の徒士《かち》には、数少ない出世の機会だ。

急いで鉄砲隊の列に戻り、小栗を呼んだ。

「どうするよ、小栗？」

徒士である小栗は、雷の傍らを歩きながら、茂兵衛の話を聞いている。

「お頭の仰る通りに致します」

茂兵衛隊には、九名の徒士武者が小頭として配属されている。その中で最も優秀な青年が、背筋を伸ばして答えた。

「お頭が行けと言われれば参ります。行くなと言われれば参りません」

「たァけ。妙な言い方をするな。おまんはどうしたい？」

この若者は、人に秀でた才覚を持ちながら、今まで幾度となく出世の機会を逸してきた。数少ない朋輩である花井に一度だけ「手前は、運がないですから」と零したことがあるそうな。

茂兵衛自身、人に負けない手柄を挙げ続けたつもりだが、足軽を七年やらされた。騎乗の身分になれたのは武家奉公を始めて十年目、二十七歳の頃だ。小栗より幾年か出世は遅い。「自分には運がない」とは、まさに若い頃の茂兵衛自身が感じていたことなのだ。

「あの……」

少し逡巡したが、やがて顔を上げ、茂兵衛の目を見て答えた。

「正直、行きたいです。ただ……」

「ただ?」

「手前は現在、十人の鉄砲足軽の面倒を見ております。あいつらは……」

「そこは心配せんでええ。心の正しい、しっかりした男を小頭の後釜に据える」

「ほ、ほうですか」

若者の顔に安堵《あんど》の表情が浮かんだ。

「だったら、俺……」

「分かった。大坂で精一杯生きてみりん!」

「ははッ。御厚情、生涯忘れません」

涙を浮かべた小栗が頭を下げた。

「頑張れ!」

茂兵衛は鞍上から手を伸ばし、小栗の肩をポンと叩いた。数物《やすもの》の当世袖がガチャと鳴って嬉しそうに返事をした。

# 第二章　天下人の城

一

翌九日も、朝から小雪の舞う中、京街道《きようかいどう》を下り、明るいうちに大坂《おおさか》へと入った。

大坂の地は、北東から淀川《よどがわ》が、南東からは大和川《やまとがわ》が流れ込み、河口部で幾筋もに分流して、広大な湿地帯を形成していた。南方から上町台地《うえまちだいち》が長く舌のように伸びた最先端部、北の端、周囲の湿地を見下ろす丘の上に、巨大な城郭が聳《そび》えていた。秀吉の城――大坂城である。

城は、まだまだ建設途中であった。

足場を組んだ中に鎮座する天主閣こそ来年早々には落成するらしいが、石垣などの設備の完成には十数年を要するらしい。

ただ、建設途上ではあっても、城のすぐ北を淀川が流れており、東側は大和川の支流である平野川《ひらのがわ》が防いでいる。周囲は湿地帯――今のままでも軍事的には十分攻め難《にく》い。

「ま、攻め難いのは認めるが、ここは洪水が酷かろう」

茂兵衛の後方で、筆頭寄騎の横山左馬之助と茂兵衛の妹婿でもある二番寄騎の木戸辰蔵が小声で話し始めた。

「同感にござる。淀川と大和川が流れてきて、城の立つ上町台地に海への出口を塞がれとる。そりゃ、水は溢れますがね」

「秀吉の奴、先見の明がないのう」

「運だけで伸《の》し上がった男ですわ」

「ほうだ。ほうだ」

左馬之助が、如何《いか》にも嬉しげに相槌を打った。

勿論、秀吉は運だけで伸し上がった男ではない。柴田勝家《しばたかついえ》、滝川一益《たきがわかずます》、明智光秀と、信長が選んだ赫々《かくかく》たる軍団長を三人立て続けに葬《ほうむ》ったのだから。

それに、西方の難波潟《なにわがた》は瀬戸内《せとうち》へと繋がっており、海運の便はすこぶるよい。

もしこの湿地の埋め立てに成功し、城下町を造れれば、商業的な発展は目に見えていた。よほどの大工事にはなるだろうが、それだけの価値はある。総じて、秀吉には先見の明もありそうだ。

　寄騎としての左馬之助と辰蔵は、極めて有能で忠実な下役である。しかし、秀吉への嫌悪感が強すぎ、評価は低すぎる。ゴリゴリの本多平八郎側——つまり対秀吉強硬派だ。

「かの秀吉は、元は野人の子よ。信長公に人がましくして貰ったのではねェか？　それがどうだ……御次男の信雄《のぶかつ》公とは揉めて戦《いくさ》となり、終《しま》いには屈服させて領地を削りおった」

「御三男の信孝《のぶたか》公に至っては攻め殺してしまいましたがね。なんたる恩知らず。なんたる不忠者。泉下《せんか》の信長公は臍《ほぞ》を噛《か》んでおられますよ」

　なぞと、いつも秀吉の悪口を言い合っている。

（信孝を攻め殺したのは秀吉ではねェ。岐阜城《ぎふじょう》を囲んだのは信雄よ。そりゃ、裏で糸は引いていたろうが、直接に戦火を交えたのは信長の次男と三男だわ。つまり、形の上では兄弟喧嘩よ）

　と、対秀吉和平派の茂兵衛は内心で苦々しく思いながら聞いている。

（それに、なにが「信長公」か。奴の生前には「信長」と呼び捨てにして、蛇蝎《だかつ》の如く嫌っておったではねェか）

事ほど左様に、二人の寄騎と茂兵衛とは、政治的には正反対の立場だ。しかし、それを咎《とが》めるつもりはなかった。上役と下役で、考え方の違いがあってもそれはそれで構わないと思っている。

（戦場《いくさば》で、俺の命《めい》さえきちんと聞いてくれれば、それでええわい）

心得としては、軍務と関係のない政治的な会話は慎んだ方がいい。左馬之助と辰蔵も、茂兵衛と考えが異なることに気づいており、二人で囁《ささや》き合うことはあっても「お頭《かしら》は、どう思われます？」と茂兵衛に話を振ってくることはない。その点では、義弟である松平善四郎《まつだいらぜんしろう》との距離感も同じだ。大人の付き合いとは、蓋《けだ》し、そういうものであろう。

城の北東四半里（約一キロ）の蒲生村《がもうむら》で、大坂城からの使者が出迎えてくれた。四十少し前の物静かな男である。戦場での古傷でもあるのか、左足を少し引き摺っている。使者は黒田官兵衛《くろだかんべえ》と名乗った。

「御覧の通り大坂城は普請中にござる。資材などがあちこちに積んであり、城内は手狭」

黒田が、石川に事情を説明した。

「されば……於義丸君と伯耆守《ほうきのかみ》殿、御近習《きんじゅう》の方々のみ御入城あって、他の皆様は、川向こうの鴫野村《しぎのむら》にてざんじ御休息下さるよう。秀吉公から申しつかっております る……ほれ、あそこ」

と、大和川の彼方《かなた》を指さした。農家が十数軒、疎《まば》らに建っているだけの寂れた集落である。

（う～む、寒村だなァ）

二十日にも亘る長旅の末が、事実上の野宿、野営であるそうな。茂兵衛もさすがに嘆息を漏らした。平服姿の於義丸、石川、近習たちには入場を許し、武装した護衛隊は城外で野宿させる――甲冑《かっちゅう》をつけている者といない者とで露骨に扱いを変えてきた。この大坂方の出方を如何に読むか――

「ふん、警戒しおって。そこまでワシらが怖いか？」

左馬之助が辰蔵に囁いた。茂兵衛は一々振り返って見ない。ただ、耳はそばだてておく。こうした何気ない会話にこそ、配下たちの本音が表れるものだからだ。

「なにせ、三百からの騎馬隊と五十挺の鉄砲隊ですからなァ。ま、先の戦いで大坂方は三河《みかわ》武士の怖さが身に沁みとるのでしょうよ、ハハハ」

辰蔵が、黒田に聞こえぬよう小声で応じた。先の戦いとは、勿論、小牧長久手《こまきながくての》戦《いくさ》を指すのであろう。

(辰の阿呆が、そういうことではあるめェよ)

茂兵衛は、今朝枚方《ひらかた》を発《た》つとき、石川と騎馬武者衆との間で交わされた激しい遣り取りを思い出していた。

「誰も、裸で大坂入りせよとは申しておらん!」

日頃から寡黙で、あまり感情を表に出さない石川が色を作《な》した。

「や、甲冑を脱いで大坂入りせよとの仰せは、我らにとって裸になれと命じられたも同然にございまする」

騎馬隊の頭《かしら》も一切退かない。

「ワシらは和議の使者である。於義丸君は羽柴家へ御養子として入られる。長旅の間は、ま、野盗乱破《らっぱ》の類《たぐい》も出かねぬゆえ武装も致し方あるまいよ。しかし、大坂に入るのに甲冑姿は、ちと物騒……相手を刺激しかねない」

「秀吉ずれがどう思おうが、我らの知らぬことにござる」

と、石川に向かって目を剝《む》き、不敵に笑った。この騎馬隊の頭は、典型的な対秀吉強硬派の一人であろう。その思想の根底には「秀吉は野人の子」との偏見が横たわっている。挨拶を交わす程度の付き合いだが、おそらく茂兵衛のことも内心で嫌悪しているはずだ。頭と石川の思想は、まさに水と油である。石川は頭を、腹の底で頑迷固陋《がんめいころう》な浅慮者と罵《ののし》り、頭は石川を、心中で強い者に尻尾《しっぽ》を振る軽佻浮薄《けいちょうふはく》の徒と嘲笑《あざわら》っているに相違ない。

「おまんには前々から、申しておきたいことがあった……」

「ほう、伺いましょう」

石川と頭が激高し、互いに身を乗り出したので、潮時だと判断し、茂兵衛は介入した。

「一言、宜しいか？」

喧嘩の双方が「お前は、口を出すな」とでも言いたげな眼差しで茂兵衛を睨んだが、退くわけにはいかない。ま、ここは嫌われる勇気も必要だ。

「それがしの鉄砲足軽ども、具足《ぐそく》を脱いでも、それを抱える従者がおりません。足軽どもには、具足はそのまま着せ、鉄笠のみを脱いで、背中に下げて、大坂入りさせようかと考えておりまする」

言わば、折衷案《せっちゅうあん》の提示である。具足を脱がぬことで騎馬武者たちの顔も立て、兜《かぶと》や陣笠《じんがさ》などの被り物を脱ぐことで、戦意の無さを大坂方に示すのだ。

「どうだ？　騎馬隊もせめて兜と面頬《めんぼお》だけは脱ぎ、大坂入りしてはくれぬか？」

茂兵衛の意図をくんだ石川が、騎馬武者の頭に持ち掛けた。

「う～ん、それもどうでありましょうか……」

と、頭はそっぽを向いてしまった。よほど頑固な男である。ま、良くも悪くもこれが三河者だ。

「貴公、兜と面頬なしでは、怖くて戦ができぬか？」

「無礼な。兜など、こけ脅しの飾りよ」

（たァけ。こけ脅しの飾りなどであるものか。兜と面頬に、俺ァ幾度も命を救われとるがね）

と、茂兵衛は内心で防具の名誉のために憤慨した。

「ならば、兜を脱いで大坂入りしても、戦で後れを取る心配はあるまい」

石川があげ足を取った。

「如何にもござらん。ただ……」

頭は、石川と茂兵衛を交互に睨みつけた。

「意地にござる。我らが兜を脱ぐと、秀吉めは『三河者は降参した』と受け取るやも知れず。そこがなんとも口惜《くや》しい」

「おい、今しがた『秀吉がどう思おうが、我らの知らぬこと』と言ったのは貴公ではないか」

「……」

論戦には石川に一日の長があったようだ。結局、騎馬隊も具足はそのままに、兜と面頬のみを外して大坂入りすることになった。これが今朝、枚方を発つときの経緯である。

ただ、所詮はその場しのぎの折衷案。被り物を取っただけでは、大坂方の不審を払拭することはできなかったようだ。それが証拠に、宿営地に寒村を宛がわれた。言わば懲罰であり、左馬之助と辰蔵が思うように、秀吉が三河武士を恐れた結果、鳴野村を指定してきたというわけではないのである。

扱いが悪いのは我慢するとしてもだ。茂兵衛たち甲冑組は、ここで於義丸と別れることになる。下手をすると今生の別れともなりかねない。

一同は自然に、於義丸の輿《こし》を円《まる》くとり囲む形となった。騎乗の身分が三百と足軽が百人——ここは身分の差なく入り交じり、片膝を突いて控えた。

御簾《みす》を巻き上げ、少年が姿を現した。皆から姿が見えるよう、円陣の中央に進み出た。涙を見せまいと、下唇を強く噛んでいる姿がいじらしい。

「見送り、大儀」

四百人が一糸乱れず頭《こうべ》を垂れた。四百人分の甲冑が、まるで一音となりガタッと鳴った。

「もしこれから、辛いことがあったら」

十一歳の少年は、後方の者にも聞こえるよう、精一杯に声を張った。涙声にならぬよう必死に感情を制御しているのがよく伝わる。

「父と母の顔を思い出して耐え忍ぼうと思う。そして……」

ここで感情が堰《せき》を切った。両眼から大粒の涙が頬を伝い流れ落ちた。

「嬉しいことがあったら、お前たち一人一人の顔を思い出し、共に喜ぼうと思う。じつに痛快な旅であった。礼を言うぞ」

円陣のあちこちから、すすり泣く声が漏れてきた。侍《さむらい》と言わず、足軽と言わず、目頭を拭《ぬぐ》わざる者は一人としていなかった。

やや離れた場所から、黒田官兵衛がその様子を眺めていた。腹に一物ありそうな男だ。なにを思うのか、口をわずかに開け、ボウッと三河主従の愁嘆場《しゅうたんば》を見つめている。

（どこぞで見た面《つら》だよなァ）

茂兵衛は考えた。黒田と会ったことはないはずだ。しかし、その顔つきというか、佇《たたず》まいというか、匂いのようなところに既視感があった。

（ほうだら。真田《さなだ》の昌幸《まさゆき》様だわ）

年齢も体軀も大分違うが、黒田と上田《うえだ》城主真田昌幸の匂いは、どこか似ていた。知能が高すぎて、世の中が馬鹿に見えて仕方ない御仁が醸しだす、独特の灰汁《あく》の強さのようなものか。できれば、深く関わりたくはない人物である。ひょっとして、この黒田も「表裏比興之者《ひょうりひきょうのもの》」なのかも知れない。

二

「黒田殿、ちと無心がござる」

今朝、枚方で石川と口論した騎馬隊の頭が黒田に話しかけた。

「大和川を渡るのに川船が必要にござるが、御貸与頂けないものか」

生駒《いこま》山中に端を発する大河大和川の河口部である。川幅もあり、かなり深そうだ。歩いての渡渉《としょう》は難しく思われた。

「無論、御用意致しておりまするが、なにせ、ほら、大坂城の普請中にござれば船もなかなか集まらず、とりあえずは三艘《そう》ほど……」

「さ、三艘だと？」

替え馬を含めれば馬が四、五百頭に、人間が四百人——三艘の船で大河を渡れば、数日もかかるだろう。浅瀬を求めて上流へ遡行《そこう》すれば、これまた数日を要しそうだ。そもそも若君を守るべき警護隊が、於義丸を大坂城に残してウロウロしていては職務怠慢で、物笑いの種になりかねない。

「なにせ、普請中ゆえ……ま、お急ぎならば、名にし負う三河衆、さぞや水馬《すいば》の心得もござろうゆえ、当方、左程の心配は致しておりませぬ」

黒田が、皮肉っぽく笑ってみせた。騎馬隊の頭の眉が吊り上がった。

「す、水馬と仰せか！」

相変わらず雪が舞っている。息も白い。

「左様。なんぞ不都合でも？　あ、お嫌なのですかな？」

「もうよい。貴公には頼まぬ。水馬で渡る」

「では、どうされます？　川船三艘も御不要なのかな？」

「それは要るわい」

「は？　よう聞こえぬが？」

黒田が、老人のように耳に手を宛がい、身を乗り出した。

「か、川船三艘は……お、お貸し願いたい」

月代《さかやき》の辺りから湯気を上げつつ、騎馬隊の頭が黒田に所望した。

水馬とは騎馬武者の渡河術を指す。

本来馬は泳ぎが達者だが、鎧《よろい》武者を乗せて川を泳ぎ渡ることまではできない。大体が沈む。そこで水馬の術が、騎馬武者の心得として編み出された次第である。

まず乗り手は、声をかけて馬を落ち着かせながら、川に乗り入れる。馬の脚が立つところまでは歩かせ、脚が立たなくなると乗り手は水の中で鞍《くら》から下りた。手綱を伸ばして尻の後方から馬を操り、浮力の高い木製の鞍に摑まり、後は馬と一緒に泳いで川を渡るのだ。

ただ、時季は十二月である。天正《てんしょう》十二年（一五八四）の小寒《しょうかん》が六日だから、本日十日は年を通じて二番目に寒い時季だ。「泳いで渡れ」とは、明らかに黒田の、もしくは秀吉の意地悪であろう。数ヶ月前までは、互いに殺し合っていた相手だし、和議の席に、物々しい甲冑姿で乗り込んできた徳川方にも問題はある。このぐらいの仕打ちは止むを得ないのかも知れない。

もっとも、領地内に天竜《てんりゅう》、大井《おおい》、富士《ふじ》などの大河を擁《よう》する三河衆は、水馬に長《た》けた武士が多かった。騎馬武者たちは——おそらくは、陰険な大坂方の仕打ちへの意地もあったのだろう——躊躇《ためら》うことなく行動に移った。一度濡らすと乾き難い直垂《ひたたれ》や下衣《したごろも》を脱いで兜の上に括りつけ、褌《ふんどし》一丁の裸身に甲冑を着て、鞍に跨《またが》り、次々に馬を大和川の冷たい流れへと乗り入れたのだ。

「うひゃ〜」

「糞がァ。冷て〜の〜」

馬の尻について泳ぎながら、騎馬武者たちは水の冷たさに悲鳴を上げた。ただそれは、決して助けを乞う哀れな悲鳴ではなく、寒さを気合で打ち払う、雄々しい怒号のようにも聞こえた。

一方、対岸に橋頭堡《きょうとうほ》を確保しておきたい石川は、茂兵衛隊を優先して川船で渡河させた。命じられるままに船上の人となった茂兵衛は、対岸に着くと、鉄砲足軽たちを河畔に広く展開させた。水馬で渡渉中の騎馬隊を援護させるのと、幾つも焚火《たきび》をたかせるためだ。岸に上がった武者たちが、すぐに暖を取れるようにとの配慮である。

「ほう……相変わらず見事だわ」

雷の鞍上《あんじょう》で鉄砲隊の指揮を執《と》りながら、騎馬隊の渡渉を眺めていた茂兵衛が思わず呟《つぶや》いた。

三河衆の水馬の術は圧巻であった。

人と馬の吐く白い息が、黒い水面に棚引き、霧にも、靄《もや》にも見える。乾季であるから大和川の水量はさほどではないが、それでも馬たちは完全に泳いでいた。脚が立たないのだ。

大和川を渡り切ると、悲鳴を上げつつ笑顔で焚火に走り寄る。老いも若きもピョンピョン飛び跳ねながら、尻や手足を炙《あぶ》った。傍らでは馬たちが身震いして水滴を振り払っている。

水馬による渡渉ぐらい幾度も見ているが、羽柴方の目の前で、技術と士気の高さを披露したのは痛快事であった。

雷がブルンと鼻を鳴らした。茂兵衛は愛馬の鬣《たてがみ》を優しく撫《な》で「寒そうだな」と一声かけて落ち着かせた。この馬には天正五年（一五七七）の夏頃から乗っている。義父である五郎右衛門《ごろうえもん》の知人の馬喰《ばくろう》から買った。その折、数えで三歳だったから、現在は十歳か――軍馬は消耗が激しく、農耕馬に比べて寿命も短いが、雷に関してはまだ若々しい。ただ、水馬はやったことがないし、今後もやる予定は一切ない。

（三河武士が戦に強いわけだがね。身も心も頑健で朴訥《ぼくとつ》、まるで雑草だわ）

と、焚火の周囲で飛び跳ねる武者たちを眺めながら改めて思った。

「左馬之助は、水馬、やれるのか？」

「勿論、武士の心得ですからな」

左馬之助は元々、深溝松平家の重臣《おとな》の家に生まれた。三河一向一揆の際、当時足軽であった茂兵衛が、父の横山軍兵衛《ぐんべえ》を討ち取ったので、幼くして家督を継いだ。その後、徳川宗家の直臣《じきしん》となり、妙な縁で茂兵衛の配下となっている。

「あ、御無礼……」

上役が百姓の出であることに気づき、一言詫びた。当然、茂兵衛も辰蔵も「甲冑を着たまま馬の尻で泳ぐ芸当」などできはしないし、やる気もしない。

三

大坂方から指定された鳴野村の南方、少し離れた高台に鉄砲隊は陣を張った。

鳴野村の集落の中に布陣すると便利で良いのだが、とかく足軽という生き物は物盗りや、喧嘩、色情騒ぎなどを起こしたがる。ここは秀吉の土地で、住民は秀吉の民だ。妙なところから羽柴徳川両家に諍《いさか》いの種が生じては、家康公に申しわけが立たないし、羽柴家の養子となる於義丸君も肩身が狭かろう。だから、集落内を遠慮し、敢えて原野に野営地を確保した次第である。

「川沿いは冷え込むでな。足軽どもに命じて、早めに小屋掛けさせろや」

「はッ」

午後になるとすぐ、茂兵衛は三人の寄騎に命じた。野営地の西を南北に平野川が流れており、炊事や洗濯には便利なのだが、夜、川筋は冷たい山風が吹き下る通り道となる。寒い時季、塒《ねぐら》の準備を怠ると、真面目な話、凍死する者が出かねない。

ただ、小屋掛けといっても足軽たちのことだ。木枠を組み、そこに枝や葉を並べ、縄で巻いて留めただけの片屋根である。雨はしのげるが、壁は無く、吹きさらしだ。季節柄、枯葉や枯草は無尽蔵にあるから小山のように敷き詰め、潜りこんで眠る。ほとんど獣並みの待遇だ。それでも焚火はあるし、湯も沸かせる。足軽たちは、わずかな酒を大量の湯で割り、仲間の法螺話《ほらばなし》を肴《さかな》に痛飲しては、身と心に暖を取るのだ。

日暮れが近づいた頃、茂兵衛の天幕に、辰蔵が慌てた様子でやってきた。

「芝見《しばみ》だと？」

声を潜めて問い返すと、義弟は深く頷いた。

「一応は百姓の身形《みなり》だが、あの目付は違う。元商人の俺が言うんだから間違いねエわ」

芝見とは、足軽や乱破など下級の者による斥候任務を指す。対して物見《ものみ》は、士分による斥候《せっこう》である。

辰蔵によれば、芝見と思《おぼ》しき人影が、周囲の葦原に潜んでいるそうな。

「幾人ぐらい？」

「ま、目につくだけでも十やそこらはおる」

羽柴勢が、茂兵衛隊の動静を探らせているのだろう。五十挺からの強力な鉄砲隊が、城からわずかな距離に居座っているのだ。幾ら和睦《わぼく》の使節といっても、警戒されるのは仕方あるまい。

「秀吉の野郎も甘くねェな」

「茂兵衛、どうする？」

「別に、隠すようなことはなにもしてねェんだ。勝手に見張らせとくさ」

「それでええのか。敵が挑発してきてんだぞ」

「や、挑発ではねェよ」

茂兵衛は目を剝いた。

「挑発する気なら、わざわざ百姓に化けたりさせねェ。槍足軽の一隊でも堂々とうろつかせた方が効くわ。違うか？」

「ま、まあな」

辰蔵は不快げに顔を背《そむ》けた。

「それより辰、足軽たちにちゃんと伝えとけ。近隣百姓は元より、乱破とも芝見とも金輪際《こんりんざい》揉めるな。揉め事を起こした野郎は俺が生皮を剝《は》ぐから、そのつもりでいろとな」

「生皮かい……」

たとえ葦原の人影が挑発ではないにしても、羽柴勢につけ入る隙、開戦の口実を与えてはならない。

「わ、分かった」

辰蔵が頷いて、薄闇の中に駆け去ろうとした刹那――

ドン、ドン。

と、二発鳴った。すぐ近くだ。間違いない。六匁筒《ろくもんめづつ》の重たい発砲音だ。

茂兵衛と辰蔵は息を飲み、顔を見合わせた。

「うちの鉄砲だな」

「音が近いしな」

最悪の事態の予測が、アレコレと脳裏を過《よぎ》った。

「富士、二人連れてついてこい!」

「はッ」

郎党の清水富士之介にそう叫び、天幕を撥ね上げて、銃声がした方に向けて駆け出した。

「たァけ!」

ペチン。

一喝した後、足軽の月代の辺りを平手で叩いた。

ドンドンの正体は、二人の鉄砲足軽であった。餌場から塒へと戻る真鴨を塵弾《ちりだま》で撃ったのだ。見事、丸々と太った雄鴨《あおくび》を撃ち落としたのは日頃の鍛錬の賜物であろう。ただ、つい最近まで殺し合っていた敵の居城は目と鼻の先だ。こんな場所で発砲したのは如何にもまずい。

「ドたァけ。城の近くで鉄砲が鳴ったら、羽柴勢がどう思うか考えてみろや」

獲ったばかりで、グニャグニャと柔らかく揺れる雄鴨の脚を持ち、足軽の顔に突き付けた。

「す、すんません」

足軽たちはお頭の剣幕に恐れ戦《おのの》き、幾度も頭を下げた。

（ま、足軽に気働きを求めても詮無いことだがね。こいつら牛馬と同じに扱ったら丁度ええんじゃ。なにせ怠け者と馬鹿と泥棒の集団だからな。ちゃんと念を押しとかなんだ俺の所為《せい》だわ）

ちなみに、塵弾とは散弾を意味する。往時の鉄砲は、施条《しじょう》がない滑腔《かっこう》銃身だったから、小粒の弾丸を数多《あまた》込めて撃てば、そのまま散弾銃として使えた。

「富士、今すぐ小頭《こがしら》全員を、俺の天幕に集めろ」

「はッ」

遅まきながら、各小頭を通じて「大坂方を刺激するな」と注意を徹底しておかねばなるまい。富士之介が大きな体を揺すりながら駆け去ると、今度は辰蔵に向き直った。

「辰、この鴨を芝見に渡せ。できれば頭立《かしらだ》つ者がええ。事情を話して、徳川に他意のねェことを伝えろ」

「承知」

辰蔵が、雄鴨を引《ひ》っ手繰《たく》るようにして駆け去った。

鴨を撃った足軽二人組はすっかりしょげ返っていた。獲物の鴨は没収されるし、お頭からは叱られるし、叩かれたし——踏んだり蹴ったりである。

「伍助《ごすけ》、鴨代だァ。この二人に永楽銭《えいらくせん》二十枚（約二千円）ずつくれてやれ」

「え、四十文？　殿、多過ぎまする！」

「たァけ。ええからそうしろ！」

「はッ」

甲府《こうふ》で茂兵衛の命を救ったこともある郎党が、不承不承の体《てい》で懐から巾着を取り出した。

四

その夜のことである——

「でなんご？　誰だ、そりゃ？　異国人か？」

茂兵衛は、干し柿を喰う手を止めて立ち番をしていた足軽に訊き返した。茂兵衛の天幕に訪問者があり、この足軽が取り次いでくれたのだ。

「さあねェ。『でなんごである』と五人ほどの供を連れて偉そうな態度ですわ。確かに異国人……それも、南蛮渡りの商人《あきんど》やも知れませんな。や、むしろ痴《し》れ者の恐れもある。分かり申した。手前が追い返しまする」

と、踵《きびす》を返しかけるものだから、慌てて止めた。

「その『でなんご』は、何だと申しておるのか？」

「無礼にも『茂兵衛を呼べ』と」

「俺の知り合いか？　大坂に知り合いなどおらんぞ」

傍らで床几《しょうぎ》に座って干し柿を頬張る辰蔵と左馬之助に振り向いたが、二人も

「知らぬ」と口をモグモグさせながら首を横に振るばかりだ。

「ほうですか、お頭に心当たりはねェと……あ、『でなんご』ではなくて『でなごん』かな？『でなごん』と申したような気も致しますなァ」

「で、でなごん？」

ここで茂兵衛はまた、柿を頬張った。この柿は実に美味《うま》い。この秋に獲れた柿だろう。干す期間が短くトロッと柔らかい。そして、甘い――ふと、思い当たった。

「おい……『でなごん』って、まさか『だいなごん』ではあるめェな？」

羽柴秀吉は、先月の二十一日、朝廷から権大納言《ごんだいなごん》に叙されたばかりだ。ちなみに、権大納言の「権」は「定員外の」「臨時の」「仮の」程度の意味か。

「だ、だいなごんって何です？」

足軽が当惑して瞬《まばた》きを繰り返した。

足軽を慰労して下がらせた後、二人の寄騎に振り向いた。

「おいおいおい……まさか、秀吉本人が来とるんじゃねェだろうな？」

声を絞った。さすがに動揺しており、指先がジンジンと痺れている。かつて川《かわ》中島《なかじま》の戦いで、上杉謙信《けんしん》が武田信玄の本陣に決死の覚悟で「単騎切り込んだ話」

が頭の片隅を過った。ただし、茂兵衛は甲斐《かい》の御屋形様ではない。三河の足軽大将に過ぎない。

秀吉本人との言葉を聞いた辰蔵と左馬之助が、柿を地面に吐き出して床几から跳び上がった。傍らの太刀を摑むものだから、抱きつくようにして制止した。

「な、なにするつもりだら？」

「知れたことよ。本当に秀吉なら俺が刺し殺す」

秀吉嫌いの辰蔵が、小声の早口で答えた。

「馬鹿！　若君と伯耆守様は城の中だぞ」

「でもよォ。ここで秀吉一人刺し殺せば、天下は徳川のものと決まったようなもんだがや」

「早まるな。罠かも知れん」

「どんな罠だ？」

目の先では、もう一人の秀吉嫌い――横山左馬之助が早くも刀を抜いて駆け出しそうになっている。

「たァけ！」

辰蔵を放り出し、今度は左馬之助に抱きついた。

「止めとけって！」

その傍らを、目を血走らせた辰蔵が走り抜けようとするから、止むを得ず腰の辺りを蹴りつけた。辰蔵はもんどりを打ち、天幕に突っ込んだ。

「お頭、後生だから行かせて下され！」

声を押し殺して叫ぶ左馬之助の唾が、茂兵衛の顔を盛大に濡らした。

「秀吉本人が来るものか！　きっと偽物に相違ねェ」

「に、偽物？」

一瞬、左馬之助が動きを止めた。

「おうよ。秀吉の影武者に決まってらァ。難癖つけて三河へ攻め込む算段かも知れねェぞ」

「確かに……秀吉の野郎ならやりかねん」

「ほうだら」

起き上がった辰蔵が、また傍らをすり抜けようとする。

「この、ドたァけが！」

埒《らち》が明かない。今度は渾身の力を込めて肩の辺りを蹴り飛ばした。義弟は再度、頭から天幕に突っ込んだ。

茂兵衛は左馬之助を突き放すと、天幕の出入口に立ちふさがり、腰の脇差を抜いて切っ先を二人の配下に向けた。寿美が買ってくれた「備前《びぜん》なんたら」という刀匠が鍛えし業物《わざもの》だ。

「こら、二人とも落ち着け！　頭を冷やせ！」

腰を落とし、脇差を構えた。本気で殺す気でないと、本気の相手は止められない。

「この場の大将は俺だァ。俺の言葉は殿様の言葉だ。家康公の命令だ。ええか。おまんら二人、俺が戻るまでこの天幕から出るなよ。大便《ばば》も小便《ゆばり》もこの場でせえ。ええな！」

血気に逸《はや》る二人の寄騎が渋々頷いた。

その「でなごん」と名乗る男は、金襴《きんらん》の羽織袴を着て、頭巾を被り、五人の屈強な近習たちに囲まれて待っていた。羽織も袴も豪華絢爛《ごうかけんらん》だが、寸法が体に合っていない。どれも大き過ぎてブカブカなのである。

（なぜブカブカなんだ？）

「よお、ワレが茂兵衛かえ？　会いたかったぞ」

小男が笑顔で手を振った。遠慮会釈のない大声が夜の静寂《しじま》をかき乱した。

「ははッ」

茂兵衛は、秀吉の顔を見たことがない。確証こそなかったが、一応「でなごん」が「大納言」との前提で片膝を突き控えた。

「ワレは百姓の出らしいのう？」

「御意ッ」

「出頭人だな？」

「……」

自分で認めるのも不体裁だから、頭を垂れたまま黙っていた。

「ここだけの話、ワシも元は百姓よ」

大納言が、声を潜めて囁いた。

「はッ」

有名な話である。尾張中村《おわりなかむら》の出と聞く。誰でも知っていることだ。

「ワレの苗字は植田だな……もしや渥美《あつみ》の植田村の出か？」

「御意ッ」

「吉田《よしだ》の南の？」

「遠江《とおとうみ》の松下《まつした》家に仕える前に、一度行ったことがある。当時は針を行商しとったが、植田村の衆は吝《しお》うてのう。誰も買《こ》うてくれんかったわ、ガハハハ」

かなり真実味のある話だ。三河人全体にも言えることだが、余所者に対して警戒心が強く、案外排他的な土地柄なのだ。もし行商人が針を売りつけたいなら、数年は通い詰めて村人の信頼を得る覚悟が必要であろう。

「で、宿賃もねェから、荒れ寺の床下で寝たわ、犬のようにな、ハハハ。たしかあれは……陽光寺《ようこうじ》とかゆうたなァ。ワレ、知っとるか？」

「存じております」

――存じるもなにも、茂兵衛の実父の墓があるのは陽光寺だ。生家は二町（約二百十八メートル）と離れていない。だが、それを話すと、この小男は図に乗ってズカズカと心の中にまで踏み込んできそうだ。それが怖くて、仔細を語ることは躊躇われた。

（それにしても、これは偶然か？　話が出来過ぎじゃねェのか？　本当に陽光寺の床下で寝たのかい？　俺が植田の出と知って、前もって寺の名を調べさせたってことも考えられるな。や、そんなこたァねェか……天下を獲ろうってお方が、

「御意ッ」

徳川の物頭《ものがしら》風情に関心を持つはずがねェ。やっぱり偶然なんだろうなァ。案外世の中、狭いもんだわ)

「ワレは、長久手の戦場におったのかい?」

「おりました」

「配置は何処やった?」

一応軍機ではあるが、もう終わった戦だし、和議を結ぶのだし、足軽大将の配置ぐらい言っても構わないだろう。

「右翼で、主人家康の本陣前を固めておりました」

「ほう、ならばウチの鬼武蔵の正面かえ?」

「御意ッ」

「奴の最期を見たか?」

「はいッ」

茂兵衛は、森長可が果敢に突っ込んできたこと。その勢いで自軍が押しまくられたこと。井伊の鉄砲衆の弾が森に命中、馬から転がり落ちたことなどを簡潔に伝えた。

「ふん。あの馬鹿は、どうして戦を一人でやろうとしたかのう……お陰でこちらは大損害じゃ。今は鉄砲の時代よ。源平の頃ではねェのだから、英雄豪傑の物狂いなんぞ、糞の役にも立たんわ」

と、小男は感情の籠らない低い声で呟いた。まるで独り言だ。しかし、跪《ひざまず》いた茂兵衛がチラチラと上目遣いに見ていることに気づくと、ニヤリと笑った。夥《おびただ》しい数の深い笑い皺《じわ》が、篝火《かがりび》の灯りに浮かび上がり、あたかも能面《のうめん》の般若《はんにゃ》のようにも見える。少し不気味だ。

(おっかねェ……なんちゅう面《つら》だよ)

秀吉の裏の顔を——否、本質を垣間見た気分になった。

(同じ百姓の出でも、俺なんぞとは随分とものが違うわ)

茂兵衛でさえ、実母から「百姓には向かない」と言われたものだ。ましてや秀吉においてをや——

(百姓の務まる面じゃねェわ)

と、心底から思った。

ここで、なにを思ったのか秀吉はスタスタと歩み寄り、畏《かしこ》まる茂兵衛の目前に屹立《きつりつ》したのだ。屈強な近習たちとは三間（約五・四メートル）も離れている。今、茂兵衛が抱きつけば、確実に秀吉を殺せる。事実、近習の幾人かは、腰の刀にそっと手をかけた。茂兵衛と秀吉、二人きりの密な空間だ。秀吉はさらに身を寄せ、茂兵衛の耳に囁いた。

「茂兵衛よ。ワレ、ご苦労だが、三河殿に伝言してくれや」

「はッ」

と、さらに深く頭を垂れた。

「ここで秀吉一人刺し殺せば、天下は徳川のものと決まったようなもんだがや」

最前の辰蔵の台詞《せりふ》が頭を過る。

（しかも、今なら簡単だァ）

頭が独楽《こま》のように、高速で回転していた。

（や、殺さねェ方がええ。秀吉の髷《まげ》を摑んでグイと引き寄せる。脇差を喉元に突きつければ、近習たちも手は出せねェ）

茂兵衛は、配下の足軽たちに「具足は脱ぐな」と命じてある。騎馬武者たちもおそらくは武装したまま寝ているはずだ。秀吉を人質にしたまま、大坂城から於義丸と石川、小栗金吾ら近習たちを呼び戻し、そのまま三河へ向けて走る。選抜された達者な騎馬隊と、健脚揃いで名を馳せる茂兵衛の鉄砲隊だ。誰も追いつけはしない。

(もし、追いすがる韋駄天《いだてん》野郎がいても、こっちにはデナゴン様がおられるんだから誰も手は出せねェ……へへ、やれるぞ。これはつまり、俺一人の手柄だ。大将首はおろか、大納言首だァ。家康公が天下を獲られたら、小国の一つや二つは下さるだろうよ。俺ァ大名になる。寿美は奥方様よォ。左馬之助と辰蔵に一万石ずつやって家老にしてやるんだ……やるのか、茂兵衛！　やるか、茂兵衛！)

「な、茂兵衛よ」

「ぐッ！」

気持ちが最高潮に高まるのを待っていたかのように声を掛けられ、茂兵衛の全身の筋肉が痙攣《けいれん》した。

(やっぱ駄目だ。秀吉の家来の多くが、昨日今日家来になった奴ばかり。元は織田家の同僚で「猿」とか言って奴のことを笑っていたんだ。俺が秀吉に短刀を突きつけても効き目はねエかも知れねエ。秀吉が死んだら「その後釜は拙者じゃ」みてェな野郎ばかりかも……そうなると俺らは全滅だァ。寿美はまたまた寡婦《かふ》となり、松之助と綾乃は父無《てて な》し子になっちまう。でも……)

「茂兵衛……ワレ、なにを考えとるの？」

秀吉が、上から見ている。口元こそ笑っているが目は笑っておらず、威圧感が物凄い。

（そうなったらそうなったで、そのまま刺し殺せばええ。俺らは殺されるだろうが、秀吉がいねェ大坂方は我が殿の敵ではねェだろう。俺ァ、徳川の侍として、やっぱこいつを……）

「今もし、ワレがこのワシを刺し殺そうと思えば容易《たやす》かろうのう？」

秀吉は身を屈めて顔を近づけ、茂兵衛の腰の脇差の柄を思わせぶりに指先で二度叩いてみせた。

「う……」

膝がガクガクと震え、背筋を冷汗が流れ落ちた。

「それでもワシはこうして只《ただ》一人、ワレに歩み寄ったぞ。のお？　それが必要だからよ。やらにゃならねェ時ァ、危ねェ橋でも渡らにゃいかん。な、茂兵衛よ。ワシはどうしても三河殿にお会いしたい。三河殿は恐れを封じ、ワシを信じ、大坂へ上って欲しい……それだけ、お伝えしてくれや」

「はひッ」

跪いていたものが、腰がストンと落ち、尻が地面についた。胡座《あぐら》の姿勢となり、自然に秀吉に平伏しようとしたが、甲冑を着ているので果たせず、頭だけを深々と垂れた。また、背筋を汗が流下した。

秀吉は茂兵衛の肩を軽く叩いて立ち上がり「茂兵衛、また会おうや」と微笑《ほほえ》んで近習衆の輪の中へと戻っていった。その近習たちから一斉に溜息が漏れた。

五

「な、なにがあった？」

天幕に戻ると、辰蔵が抱きつくようにして顔を寄せてきた。

「なにがって、なにがじゃ！」

「おまん、死人《しびと》のような面ァしとるぞ」

「たァけ。ちゃんと生きとるがね」

茂兵衛は目を剝いたが、辰蔵の言葉の通り「酷いことになっている」との察しはついていた。心底怖い思いをすると、一晩で髪が真っ白になるというが、今宵の茂兵衛なら、本当にそうなるかも知れない。

「秀吉は？」

左馬之助が訊いた。

「多分、本物だわ」

「殺《や》らなかったのですか！」

今度は左馬之助が目を剝いた。

「一度はそんなことも考えたが、結局できんかった」

「なぜ？」

これは寄騎二人が同時に叫んだ。悲鳴にも似ていた。

「於義丸様も御家老も俺もおまんらも、皆殺しにされる。それでも刺すかと思うたが、どうしても腹が据わらんかった」

「お頭らしくもない！」

「使えん男じゃのう！」

二人の寄騎が吐き捨てるように言い放った。

「でもよォ。俺ら、ここには和睦を結ぶために来とるんだがね。秀吉も『三河殿に会いたい』ゆうとった。その相手を刺し殺すのか？」

「それが戦国だがや！」

「乱世の倣《なら》いですわ！」

「……そ」

反論できずに俯《うつむ》いた。やはり「殺るべきだった」のだろうかと自問した。誰もなにも喋らなくなった。しばらくして、辰蔵が呻《うめ》くように言った。

「よし分かった。今夜のこたァ全部忘れよう」

「はあ？」

茂兵衛は義弟の顔を覗き込んだ。

「植田茂兵衛は取り返しのつかねェ失態をやらかしたんだ。これをそのまま正直に伝えたら、三河中を敵に回すぞ」

「でも、俺ァ、秀吉から殿様に伝言を頼まれた」

「たァけ。殿様は伝言なんぞに興味ねェわ。『なんでその時、刺し殺さんかった』とえらい叱られるぞ」

「下手すれば、改易やお手打ちだってあり得ますよ」

左馬之助が割って入ってきた。

「敵の総大将を倒す機会を見過ごしたんですから。仮に殿様は許しても、平八郎様や小平太様辺りが黙ってねェでしょう。お頭は、裏切者扱いされますわ」

「そんな……」

「ね、左馬之助様……」

呆けた状態の茂兵衛を見限り、辰蔵は左馬之助と直に相談し始めた。

「今夜秀吉は、ここに来なかった。つまり、そういうことですよね？」

「ほうだら。誰もが長旅の疲れで眠っておろうし、そもそも秀吉が五、六人でフラッと徳川の天幕に来るわけがねェ。そんな話、誰も信じねェから」

「今夜やって来たのは、南蛮帰りで少々頭のおかしい鉄砲商人だった。えらく高価な鉄砲を売りつけようとするもんで追い返した。それで押し通そう。ええな、茂兵衛？」

「や、でも……」

「たァけ。おまんは今、敵の総大将を討ち損じたんだぞ？　物頭、いやいや、侍失格だがや。ええから、今夜のことは忘れろ」

「……」

「こら、茂兵衛！　返事せい！」

「お、おまんらの言う通りにするよ」

と、呆けたように答えた。

大坂からの帰途、茂兵衛は石川数正と轡《くつわ》を並べて進んだ。別に茂兵衛の方から近寄ったわけではない。向こうが馬を寄せてきたのだ。

「おまん、秀吉と会ったのか?」

「え……」

思わず家老の顔を見た。ひょっとして秀吉が「茂兵衛と会った」と大坂城内で石川に話したのかも知れない。もしそうなら、下手な嘘はつけない。立場がまずくなる。ただ、石川の表情はとても長閑《のどか》で、なにかを探っている風には見えなかった。まるで「奈良《なら》の大仏を見たか?」「富士山を見たか?」とでも訊いているような顔つきだ。多少の危険はあったが、二人の寄騎の進言を守り、嘘をつき通すことに決めた。

「いえ、ずっと鳴野村におりましたゆえ」

「ほうか」

表情は長閑なままだ。変化はない。これなら大丈夫だろう。

「どこで調べたか、おまんが大坂方との戦に反対してると知っておられたわ」

(なるほど……そういうことかい)

秀吉が危険を冒してわざわざ一介の足軽大将に会いに来た理由《わけ》が知れた。

「会う度に思うが、つくづく面白いお方よ」

(面白いというより、あの野郎は、危ねェわ。ドギマギさせられる)

石川は鞍上から少し身を乗り出し、小声で囁いた。

「ワシはな、徳川を見捨てて秀吉につけば『美作《みまさか》一国を与える』とゆわれたぞ」

「い、一国とはまた豪勢な」

あの夜、秀吉を刺し殺していたら、茂兵衛は二ヶ国の主《あるじ》になっていたかも知れない。

「ま、あの手の話は、数字を倍にして持ち掛けるのが普通だわな」

美作国の石高は、二十万石前後である。

「大体、十万石程度は貰えるのかな」

「十万石……」

(五百石当たり鉄砲一挺とすりゃ、十万石なら二百挺だ……やっぱ凄《すげ》ェわ)

千石以上の版図の場合、茂兵衛はどうしても鉄砲の装備数で広狭《こうきよう》を測ってしまう。そうしないとピンとこない。百姓だった頃は、五石だ六石だの世界だったのだ。千石を越えると頭が追いつかなくなる。

「それにな」

石川が嬉しそうに相好を崩した。

「美作は今、宇喜多《うきた》家が押さえておる」

戦国屈指の梟雄《きようゆう》とされる宇喜多直家《なおいえ》の嫡男秀家《ちやくなんひでいえ》が現在の当主だ。ただ、まだ十三歳と若過ぎるため、叔父の忠家《ただいえ》が執権しているそうだ。宇喜多家は秀吉麾下《きか》の有力大名で毛利への押さえとして中国地方に盤踞《ばんきよ》している。

「まだ他人の土地よ、ハハハ」

こういう空言をアチコチで言って回り、遂には天下に王手をかけている——それが秀吉という男の面白いところだし、危ういところでもあるようだ。

「殿が、きっと喜ばれる」

石川が、独り言のように呟いた。

「殿が、ですか？」

茂兵衛が質《ただ》した。家老が美作一国で裏切りを持ち掛けられ、どうしてその主人が喜ぶのか理解できなかった。

「ま、それはええさ」

石川は寂しそうに微笑むだけで、それ以上この話を続けようとはしなかった。

# 第三章　上田合戦前哨戦

一

翌天正《てんしょう》十三年（一五八五）三月。秀吉は南紀州《きしゅう》に兵を入れた。小牧長久手《こまきながくての》戦《いくさ》の折に堺《さかい》や大坂《おおさか》を襲い、秀吉を慌てさせた根来《ねごろ》と雑賀《さいか》を討伐したのだ。一方、西の毛利とはすでに和睦《わぼく》が成立している。お館《たて》の乱《らん》の戦後処理に忙しい北の上杉には、秀吉と戦う余裕などない。信雄を屈服させ、紀州を制圧した今、秀吉に恭順の意を示さない勢力は東の徳川だけだ。確かに、於義丸を大坂に送りはしたが――それだけ。今も超然として曖昧な態度をとり続けている。関東では北条が、四国では長宗我部が、北陸では佐々成政《さっさなりまさ》がそれぞれ抵抗を続けていたが、秀吉の主敵はあくまでも徳川家康ただ一人であった。

「実に、実に誇らしゅうございまするなァ」

（平八のたァけ、ついに気でもふれたか？）

浜松城《はままつじょう》本丸御殿内の居室で、家康は、本多平八郎の歪んだ高揚感に内心で毒づいた。平八郎と岡崎《おかざき》から駆けつけた石川数正が、家康を囲んで秀吉への対策を話し合っている。この重要な評定の場に、酒井忠次の姿が見えない。筆頭家老は最近、視力をさらに落としたという。家康の前に伺候《しこう》する機会もめっきり減った。代わりに、よく日に焼けた壮年の小柄な武士が陪席していた。大久保忠世が「左衛門尉《さえもんのじょう》殿の代役として、家康公の御諮問に与《あずか》るように」と推挙した本多正《まさ》信《のぶ》という男だ。通称は弥八郎《やはちろう》。

「卑怯悪辣なる秀吉めを懲《こ》らしめ得るのは、天下に我らのみかと思えば、自ずと心が浮きたちまする」

平八郎が笑顔で吼《ほ》えた。心底からこの危険な状況を楽しんでいる様子だ。

「たァけ。懲らしめるには、相手の図体がちとデカくなり過ぎではねェのか？　おまんの手にも余るぞ」

家康は脇息《きょうそく》を体の前に置き、もたれるようにして、たっぷりと肉のついた上体を支えている。時折辛そうに喘《あえ》ぐ。背中に腫物《はれもの》ができ、大層痛むらしい。

家康には妙な拘《こだわ》りがあった。医者が大嫌い。金瘡医《きんそうい》を一切信じない。患《わずら》うと自ら手治療を施し、それ相応の知識や腕もあるのだが、今回の背中の腫物ばかりは悪化させてしまった。

腫物は膿《うみ》を含んで大きく腫れた。焼いた小刀の先で突き、膿は出したものの、その後が潰瘍となって家康を苦しめた。体力も下がり死病とさえ思われ、家臣団をやきもきさせた。

「なんの、小牧長久手を再現してやりましょうぞ」

「あの折は、百万石の信雄公がお味方におられた」

石川が平八郎を見ずに呟《つぶや》いた。

「それが今や秀吉側に与《くみ》しておられる。我が方の不利は明らかにござる」

「あのたァけが、ワシを裏切りおって」

家康が憎々しげに呟いた。

「百万石といっても、信雄が小牧に率いてきたのはわずか五、六千……むしろ、足手まといがおらん分、戦がやり易くなるわ」

家康の呟きを黙殺し、平八郎は石川に吼えかかったが、次席家老も負けずに反論した。

「昨年の信雄公は、北から秀吉に圧迫され、領地防衛に二万からの守備兵を置かざるを得なかった。今回はその心配がないゆえ、余裕で二万は率いてこような。味方は六千減り、敵は二万増える」

「ふん。いつもながら……伯耆《ほうき》殿の話は辛気臭いのう」

と、平八郎が冷笑したので、石川が黙って睨み返した。

「弥八郎、おまんの存念を聞かせよ」

家康が本多正信に話を振ると、平八郎が不快げに顔を背《そむ》けた。

「戦うにせよ、和睦するにせよ」

しわがれた声で、低く訥々《とつとつ》と話す。

「背後の北条氏との紐帯《ちゆうたい》を確固としておかねばなりますまい」

北条氏の現当主氏直《うじなお》は、家康の娘婿である。豊かな関東に二百万石——いささか時流に乗り遅れた感もなくはないが、大国には相違ない。徳川の百五十万石と合わせれば三百五十万石だ。両家が一枚岩となって対抗すれば、さすがの秀吉も手を焼くに違いない。

「その程度のことなら、犬にでも言えるわ」

平八郎が憎々しげに吐き捨てたが、正信が表情を変えることはなかった。

「たァけ。犬が喋るかァ」

と、家康が平八郎の年長者に対する不躾《ぶしつけ》に腹を立てた。

正信は今年四十八歳、家康より五歳、平八郎より十歳年長だ。三河一向一揆では門徒側に立ち、敗戦後に三河《みかわ》から逐電、諸国を放浪した後、今は大久保忠世の元に身を寄せている。

実は平八郎、石川を嫌う以上に、正信を盛大に嫌っている。かつて一度、正信の後見人を自認する大久保忠世が、平八郎に「なぜ奴を嫌うのか」と訊いてみたことがあった。豪傑が答えて曰く――

「二点ござる。まず、そもそも頭のええ奴は好かん。知恵者にロクな奴はおらん。なにを企《にく》んでおるのかよう分からん」

分かり難さが知恵者の通弊《つうへい》とも思えないが、こと正信に関しては、確かに不気味な得体の知れなさが感じられなくもない。

「もう一つは、その賢者面した不快な男が、我が本多家の血縁であることが納得いかん。許せぬ。あんな野郎と同じ姓を名乗らねばならぬのは、我が身の不幸にござる」

ともに本多姓を称するこの二人だが、七代か八代前にはすでに分かれている。

今はもうほとんど他人だ。平八郎の家は三河蔵前《くらまえ》城主。弥八郎の家は国西の辺りを地盤とする土豪である。ともに藤原北家《ふじわらほっけ》の後胤《こういん》を称している。

「ただ」

正信は、平八郎の不興を物ともせず、家康と石川に向かって話を続けた。

「北条の総兵力は、八万とも九万とも聞きまする」

「弥八郎殿にしては珍しくワシと同意見だわ。徳川と北条が組めば、兵力的にも秀吉勢とほぼ互角よォ」

平八郎が嬉しそうに、割って入った。

「然《さ》に非《あら》ず。話は逆にござる」

正信から言下に否定された平八郎は、舌打ちして黙った。

北条の版図は二百万石ある。通常、一万石当たり二百五十人の兵を出せると考えれば、北条の総兵力は五万人のはずだ。それが八万人以上も出してくるとなれば、かなり軍役が重いということになろう。

正信の計算に拠《よ》れば、北条家の軍役は八貫につき一人。知行一貫を三石で換算すると「二十四石当たり一人の軍役」となる。一万石当たり四百二十人ほどか。二百万石なら八万四千人――一応、計算は合う。

「一万石当たり二百五十人はぎりぎり。村邑《むらむら》にそれ以上の男はおりませぬ。ま、無理にござる」

「おまん、なにが言いたい？」

家康が首を傾《かし》げた。

「本来二百五十のところを、無理に四百二十も出させる。差し引きの百七十は、ほとんどが老人や子供のはず……」

「なるほど、北条の八万人は、見かけ倒しと申すのだな」

「御意ッ」

おそらく「見かけ倒し」では済むまい。老人子供を徴兵することで、それ以上の積極的な不利益を、北条勢に与えているはずだ。

行軍は、足の遅い老人や子供に合わせざる得ないし、戦場では、まず彼らが逃げ出し、総崩れの原因となる。本来、それなりに精強なはずの五万人の足を引っ張ることになるだろう。それでも「数だけは揃えたい」と考える北条氏政《うじまさ》、氏直父子の資質にこそ、根本的な問題がありそうだ。

「氏政が『馬鹿だ、馬鹿だ』とは前々から聞いておったが、聞きしに勝る阿呆にございまするなァ」

味方の頼りなさが露呈し、平八郎が嘆息を漏らした。

「とはいえ弥八郎よ……」

家康が、どんよりと曇った目で正信に質《ただ》した。

「如何《いか》に弱兵とて、北条との紐帯を深めておかねばならぬということだな？　他に味方はおらんのだからなァ」

「御意ッ」

「策はあるのか？　阿呆と紐帯を深める」

家康が扇子の先で正信を指した。

「沼田《ぬまた》……にございましょうな」

言下に正信が答え、家康、平八郎、石川の三人が同時に「ふう」と嘆息を漏らし、一斉に天井を仰ぎ見た。徳川家にとっての沼田領問題は、天正十年（一五八二）に信濃《しなの》を版図に加えて以来の言わば懸案、言わば宿題、言わば頭痛の種である。

「沼田は必ず北条に引き渡すさ。北条との約定《やくじょう》だからのう。和睦の条件でもある。信義の問題じゃ」

家康が苦々しげに呟いた。

しかし現在、沼田は信濃の有力国衆《くにしゅう》である真田昌幸が占拠しており、北条に引き渡すことを頑なに拒絶している。

「殿？」

正信が家康の顔を覗き込んだ。

「安房守《あわのかみ》殿（昌幸）は、殿が認《したた》めた起請文を持っておると吹聴しているそうにございます。覚えがございまするか？」

「起請文は……ま、書いたかな」

起請文──牛王宝印《ごおうほういん》の護符の裏に書く誓詞だ。破約すると「神罰を受ける」と言われる。

「沼田を北条に引き渡せば、それに見合った代替地を与える……との内容にございまするか？」

「うん」

「ならば、そのようになされれば宜しい」

「あのなあ、弥八郎殿」

たまらず平八郎が介入した。

「真田昌幸めは、表裏比興之者《ひょうりひきょうのもの》と蔑《さげす》まれる食わせ者にござるぞ。いつ何時、秀吉や上杉に寝返らんとも限らん。謙信の時代ではねェのだから、敵に塩を送ってどうする」

「その点は、ワシも平八に同意するわな」

我が意を得たり——とでも言いたげに家康が口を挟んだ。

「だからこそ、ワシは真田に新領地を提示せなんだのよ。おまんらは誤解しておるようだが、決して吝嗇《りんしょく》だからではねェ」

「…………」

三人の重臣《おとな》たちはなにも答えず、黙って視線を床に落とした。家康という殿様は「家康が大好きで、犬のように忠義専一の三河者」の目から見ても「筋金入りの吝《けち》」なのだ。

「それでは……」

しばらく気まずい沈黙が流れた後、正信が家康を見て提案した。

「代替地を駿河《するが》に、それも山のない平地に与えては如何《いかが》？」

「ほう、駿河にか……なるほどのう」

家康と石川が同時にニヤリと笑った。平八郎は、一呼吸ほど遅れて己が膝をポンと叩いた。もしも真田が、上杉か秀吉に寝返った場合、徳川領の最深部にある駿河の新領地は諦めざるを得まい。昌幸が城を築いても、敵地に孤立する平城では長くは保てない。真田が徳川を裏切れば、自動的に与えた新領地は家康の手元に戻ってくる仕掛けだ。悪魔のごとき妙案といえた。

「上田と駿河は随分と遠い。安房守が納得するかな?」

石川数正が久しぶりに口を開いた。

「沼田と上田も相当に遠うございまする」

正信が次席家老に答えた。

真田にとっての沼田領は所謂《いわゆる》「飛び地」である。上田から沼田までは、直線でも十九里(約七十六キロ)、実際には碓氷峠《うすいとうげ》を越えて大きく南に迂回するから、三十里(約百二十キロ)も歩かねばならない。

「もし、どうしても真田が受け入れなんだらどうされる?」

平八郎が、気色ばって身を乗り出した。

「徳川と北条の同盟の帰趨《きすう》は、沼田にかかってござる。ここは、殿に軍勢を率いて甲府《こうふ》辺りまで出張って頂きましょう」

「甲府か……遠いな」

背中に腫物をかかえる家康が、脇息の上で嘆息を漏らした。

「勝負どころにございまするゆえ、安房守と直談判をお願い致しまする。主人が直接説得してもなお、安房めが首を縦に振らなんだ場合は……」

正信が、手刀で己が首をポンと叩いた。

「和戦両様で脅すか、そこはええな。ワシも同心じゃ」

と、平八郎が正信と石川を交互に見た。正信は無反応だったが、石川が頷き返した。

「よし、その手でいこう」

家康が扇子の先でポンと膝を叩いた。

二

天正十三年（一五八五）四月。家康は、大久保忠世の手勢を基幹とする兵二千とともに浜松を発《た》ち甲府へ向かった。今回こそ真田昌幸を説得し、上野国《こうずけのくに》沼田を北条へと引き渡させる決意だ。

後事は、先手役《さきてやく》の三人の侍大将――本多平八郎、榊原康政、井伊直政に託した。つまり、主力は浜松城に残したままで、酒井忠次と石川数正の両家老は、それぞれ吉田城《よしだじょう》と岡崎城に戻り、秀吉の侵攻に備える。準備万端整えての遠征開始となった。

まず東へと進み、駿府《すんぷ》を経て江尻《えじり》から北上を開始する。富士川《ふじがわ》に沿って進み、身延《みのぶ》を経て甲府盆地へと入る予定だ。茂兵衛隊にとっては馴染み深い五十里（約二百キロ）である。十日あまりの長旅となりそうだ。

茂兵衛も、忠世麾下《きか》の寄騎として、鉄砲隊を率いて家康に従った。

「どう、どう」

浜松を出て、天竜川《てんりゅうがわ》を渡河し、磐田原台地《いわたはらだいち》への緩い坂道を上り始めた辺りで、茂兵衛は雷《いかずち》の手綱を引いて馬の歩みを止めた。例によって、少し隊列を離れてみる。己が鉄砲隊を観察するためだ。足軽たちの士気は高いか、小頭《こがしら》衆は声を出しているか、寄騎たちの表情は明るいか、そんなこんなを吟味した。

本日は快晴で風もなく、気温がだいぶ上昇した。もうサツキが咲いているから、季節は初夏だ。茂兵衛は「田」の前立《まえだて》の兜《かぶと》を脱ぎ、面頬《めんぼお》とともに従者が背負う鎧櫃《よろいびつ》にしまわせた。

月代《さかやき》の汗を拭《ぬぐ》って、大きく息を吐いた。実にいい気分だ。よく眺望が利き、西の方には、今渡河してきたばかりの天竜川が、緩々と南北に流れるのを見晴らせた。この辺りは一言坂《ひとことざか》と呼ばれる。元亀《げんき》三年（一五七二）、本多平八郎が殿軍《しんがり》として踏み止まり、見事に武田勢の猛追を押し止めた場所だ。

「見ろよ」

茂兵衛は、背後に控える富士之介に振り向いた。

「はッ」

「坂の下に陣を敷いたんだぜ。上から武田の騎馬隊が駆け下ってきた。通常なら徳川は全滅よォ。ところが平八郎様の気迫が馬場美濃守《ばばみののかみ》の突撃を撥ね返したんだわ……お強かったねェ。鬼のような顔で敵を睨むんだ。味方の俺が、おっかなかったほどだもの」

十三年前の出来事である。茂兵衛も少壮の足軽小頭《こがしら》として十名の槍足軽を率いて参戦していた。

「茂兵衛、死ぬな」と、平八郎が声をかけてくれたのもあの日の戦いだったはずだ。

「あれは一言坂ではねェな。もう少し東の……そう、確か木原畷《きわらなわて》のあたりで声をかけてもらったんだ。や、三箇野《みかの》だったかな？」

最近、昔を振り返ることが多い。そしてその記憶が少しずつぼやけていて不確かだ。

(俺ァ、もう爺《じじ》ィなんだなァ)

さすがに、この一言は声に出さなかった。幾ら忠実な家臣とはいえ、富士之介に聞かれたくなかったのだ。

茂兵衛は、当面の役目を果たすことに専念した。今は鉄砲隊の観察だ。

(うん。概《おおむ》ね大丈夫。士気は高い)

出陣直後の足軽たちは、体力的にも精神的にも充溢《じゅういつ》していた。互いに下卑た冗談を言い合い、突っつき合い、じゃれ合っている。今から仲間たちと大冒険の旅を始めるのだ。一人一人の顔つきに、高揚感が見て取れた。このうちの幾人かは浜松に帰ってこれないし、手や足を失う者もでるだろう。それでも雑兵たちは、未来を楽観しているように見えた。己が将来を憂う牛馬などいないことと、同じであるのかも知れない。

(ま、牛馬と一緒は、なんぼなんでも酷《ひで》ェか。あんまりな言いようだ。奴らも一応は人だからなァ、へへへ)

雑兵は上役の命に従うのみだ。「死ね」と言われれば死に、「生きろ」と言われれば生きる。自分の未来を自分で決めることができない。どうせ「思い悩んでも」自分ではどうにもならないのなら、いっそ「考えないでおこう」との諦観の境地に達しているのではあるまいか。思い悩む能力のない牛馬とは違う。できるけど、やらない——そういう選択もあっていい。

（小頭衆もよう声を出しとる。寄騎衆は……花井のたァけ、また派手な鎧を着込んどるがね）

三番寄騎の花井庄右衛門は、母が贈ってくれた色々威《いろいろおどし》の具足《ぐそく》を「戦場で目立つから止めろ」と幾ら諭しても脱ごうとしない。

（ああいう阿呆は、敵の弾の的になればええんじゃ。もう知らんわ）

今回、茂兵衛は特に、小栗金吾が抜けた組の新しい小頭に注目していた。寄騎たちと相談した上で、赤羽仙蔵《あかばねせんぞう》という年嵩の鉄砲足軽を徒士《かち》に昇進させ、小栗の後釜に据えたのだ。さしたる才人とは思えないが、いつも冗談を言って周囲を笑わせる朗《ほが》らかな男である。茂兵衛は「よい小頭は、まず人柄」との定見を持っていた。足軽なんぞというものは、大概何らかの問題を抱えている男たちだ。病人、馬鹿、盗人、嘘つき——ロクな者はいない。面倒見の悪い小頭だと、それらを放置するから、組全体の士気が下がってしまう。鉄砲が下手でも、多少は阿呆でも、面倒がらずにあれこれと配下の世話を焼ける者が適任だ。

るがね）

（ほうだら。ハハハ、もし寿美が男で足軽だったら、俺ァすぐにも小頭に抜擢《ばってき》す

妻は、働き者で「労を惜しむ」ということがない。亭主や娘、家来の面倒を見るのは当たり前で、隣家の下女の洗濯の仕方にまで口を出す。歳の割には美しく、頭も悪くないのだが——三十を過ぎた辺りから、大口を開けてガハガハと笑うようになった。あれだけは、なんとかならないものか。

その寿美が、今朝屋敷を発つ茂兵衛に、不安げに囁《ささや》いてきた。

「夢見が悪いだと？」

「はい。大屋根が落ちて、お前様がその下敷きに……」

「たァけ。験糞悪《げんくそわる》い夢を見るな！」

「そんなァ、見たくて見てるわけじゃないし……でも、ちゃんと生きて帰って下さいね」

寿美は、茂兵衛と夫婦になる前に二度、亭主に戦場で死なれている。

「当たり前だがや。仲間を見捨ててでも、俺一人で生きて帰るがね」

「英雄豪傑と言われても死んだらお終《しま》い。多少は卑怯でも、生きてる方が勝ちなのですからね」

「わ、分かっとるがや」

――そんな、身も蓋《ふた》もない会話を交わしたのは、ほんの今し方のことだ。

（縁起でもねェ。そうそう簡単に死んでたまるかい）

「お頭《かしら》！」

振り向けば、大久保彦左衛門が馬を飛ばしてやってくる。笑顔である。面倒事ではなさそうだ。安堵《あんど》して、こちらも手を振った。

「へへ、お頭、御機嫌宜しゅう」

「たァけ。俺はもうおまんの『お頭』ではねェわ」

彦左は現在、百人の足軽を率いる長柄《ながえ》大将だ。茂兵衛とほぼ同格である。

「そんな……俺にとっての植田茂兵衛は、生涯『お頭』ですがね」

「たァけ」

とは言ったものの、正直言って嬉しかった。

彦左とは天正四年（一五七六）以来の付き合いとなる。八年間に亘り鉄砲隊の寄騎を務め、茂兵衛を支えてくれたのだ。当初はまだ十七歳で、生意気なだけの頼りない端武者だったが、今では花も実もある立派な物頭《ものがしら》として、足軽隊を率いている。

「おい彦左、長柄足軽はどうだら?」

「そら最低ですがな」

彦左が苦笑した。

「鉄砲隊の足軽も相当なもんだが、長柄隊の足軽はよほど酷《ひで》ェ……馬鹿と破落戸《ごろつき》しかおらんのですわ、ガハハハ」

事情に通じている茂兵衛は、さすがに元配下の境遇に同情した。

足軽には様々な兵科がある。

そのうち、茂兵衛が率いる鉄砲足軽と義弟の松平善四郎が率いる弓足軽は、それなりに良質な人間が選抜されていた。徳川家としても、虎の子の鉄砲を馬鹿や破落戸に預けたくはないだろう。弓は、技術を習得するのに長い時間がかかる。辛抱の利かない奴、集中力のない奴は淘汰《とうた》されるから、自然にまともな男が残るようだ。

一方、槍足軽は体力と度胸で勝負だ。一間半(約二・七メートル)から、せいぜい二間(約三・六メートル)程度の堅牢な持槍を武器に乱戦に分け入り、敵と接近、格闘する。一番死傷率は高いが、兜首を挙げる機会にも恵まれる。危険ではあるが、出世を望むなら槍足軽に限る。時折、足軽上がりの徒士や馬乗りを見かけるが、多くがこの兵科の出身だ。ちなみに、茂兵衛も相棒の辰蔵も、元は槍足軽であった。

そして最後が、彦左が率いる長柄足軽である。長柄とは「長いだけが取り柄の数物の槍」を指す。二間半（約四・五メートル）から三間（約五・四メートル）もある長大な槍だ。酔狂を好む信長に至っては、三間半（約六・三メートル）の長柄隊を組織した。ここまで長いと刺したり受けたりの機敏な動きはほとんどできない。只々《ただただ》横に並べて槍衾《やりぶすま》とし、集団戦を挑むのだ。

「号令も『槍を構え』『前へ進め』『止まれ』『後ろへ戻れ』……この四つでこと足りるんですわ」

彦左が指を四本立ててみせた。ま、槍衾とはそういうものだ。

「ただ、その四つさえ覚えられん馬鹿がおる。馬だって四つや、五つの号令は聞き分けるでしょ。馬以下なんだもの、嫌になる」

「ハハハ、苦労するのう」

つまり、鉄砲、弓、槍の三兵科の足軽は、言わば職能集団だ。弾を当てる技術、的を射抜く技術、敵の槍をいなして戦う技術がそれぞれ必須となる。対して、長柄足軽に技術は不要だ。黙って槍を構え、牛馬の如く命令通りに動けばそれでいい。語弊はあろうが、馬鹿でもできる。数日前まで野良働きをしていた百姓を引っ張ってきても、一日か二日訓練すれば戦場で物の役に立つのだ。結果、彦左が嘆くように「馬鹿と破落戸ばかりの集団」と化してしまう傾向がなくもない。

「奴らも人間かと思えば腹が立つ。俺ァ半分本気で『牛だと思って』接しております。そうすると腹が立たんから不思議だ」

そういえば最前、茂兵衛も似たようなことを考えていた。

「ま、のんびりやれや。おまんならできるがね」

「お頭からそう言われると、勇気百倍ですわ」

二人が馬を止めて話している前を、徳川の軍勢が粛々《しゅくしゅく》と進んでいく。茂兵衛の鉄砲隊が通り過ぎると、後方から彦左の長柄隊が続いた。砂煙が上がり、足軽隊の頭上が少し曇ってみえる。

長さ三間もの長柄槍だ。持槍のように、一本材で作るわけにはいかない。独特な作り方をした。堅牢な細い芯の周囲を、縦に細長く割った竹材でグルリと覆い、糸で巻き、膠《にかわ》で塗り固めて作るのだ。重量は、優に一貫（三・七五キロ）を超える。肩に担いで歩くと、ゆらゆらと揺れて歩き難いし、疲れてしまうので、行軍するときは、槍の石突《いしづき》辺りを摑み、後方に引き摺るのが長柄足軽の心得だ。百本の槍が引き摺られて、路面の土を巻き上げる結果、濛々《もうもう》たる砂煙となる。

　長柄足軽隊に沿って進む数名の騎馬武者は彦左麾下の寄騎衆だ。中の一人が、茂兵衛に微笑《ほほえ》みかけた。

「よお、主水《もんど》、やっとるかァ？」

「はいッ。お陰様です」

　律義に会釈して通り過ぎた。

　槍名人の本多《ほんだ》主水だ。彼はかつて茂兵衛の鉄砲隊に所属した。鉄砲名人の小栗金吾と双璧をなす有能な小頭だったのだ。長柄大将となった彦左が指名し、長柄隊の四番寄騎として騎乗の身分に出世した。

「金吾と主水が抜けて、小頭が手薄になったんじゃないですか？」

「ハハハ、なんとかなってるさ」

　彦左は古巣を心配してくれたが、事実何とかなっている。

　元々主水は大久保家の郎党で、茂兵衛の上役である忠世が、騎乗の身分に取り立てようと強く推していた男だ。忠世の弟である彦左の寄騎となれば、収まりがいい。

(七郎右衛門《しちろうえもん》様の強引な大久保党贔屓《びいき》は不愉快だったが、ま、主水に罪はねェ。ここは奴の昇進を素直に喜んでやらにゃあなァ)

葦毛の馬に乗って遠ざかる、主水の黒い甲冑《かっちゅう》を目で追いながら、茂兵衛は苦く笑った。

主水と競ったもう一人の有能な小頭は、徳川於義丸改め羽柴秀康《ひでやす》の小姓として現在大坂城内にいる。もし、徳川と秀吉がまた戦うことになれば、小栗は、その銃口を茂兵衛たちに向けてくるのだろうか。

(あんな鉄砲名人に狙われたら、命がいくつあっても足りんがね)

妻の夢見が悪かったことも気になる。もし、小栗と戦うことになったら馬を下り、陰に身を隠しながら戦おうと心に決めた。

三

浜松を発って四日、一行は巴川《ともえがわ》を渡って江尻城下へと入った。

現在の江尻城主は、武田信治《のぶはる》という十四歳の若者である。幼名を勝千代《かつちよ》という、父は伊賀《いが》越えの折に命を落とした穴山梅雪《あなやまばいせつ》、母は信玄の次女で、勝頼《かつより》の妹でも見性院《けんしょういん》だ。

その武田征討の際、茂兵衛は鉄砲隊を率いて甲斐《かい》に潜入し、当時勝頼の人質となっていた見性院と勝千代を下山《しもやま》の穴山氏館《あなやましやかた》から救出した。その後は、主《あるじ》を亡くした穴山衆と共闘し、天正壬午《じんご》の乱《らん》を先鋒として戦ったのだ。つまり、茂兵衛とは因縁浅からざる一族なのだ。

実は、更にもう一つある——綾女だ。

綾女は、乙部八兵衛《おとべはちべえ》配下の隠密として、穴山梅雪正室の見性院の侍女となっていた。言わば梅雪と徳川の繋ぎ役だったのだ。その後も見性院とともに江尻城に住んだが、茂兵衛の子を出産し、産褥《さんじょく》で死んだ。

「なあ、辰よ」

雷の鞍上《あんじょう》で茂兵衛が振り返ったので、辰蔵が馬を寄せた。

「なんら？」

「俺ァ、綾女殿の墓がある寺にいきてェ」

「……ああ」

義弟が表情を曇らせた。綾女の忘れ形見である茂兵衛の子は、松之助と命名され、現在は辰蔵夫婦の子として養育されている。辰蔵も、茂兵衛の妹であるタキも、松之助を実子以上に慈《いつく》しんでいるから「迷惑をかけている」というのとも少し違うが、それでも茂兵衛は妹夫婦に大層な恩義を感じていた。

「墓があるのは、妙泉寺《みょうせんじ》とかゆうたな？」

「ああ」

「江尻城で鉄砲隊の塒《ねぐら》が決まったら、早速行きてェが……城からは随分遠いのかい？」

「なに、三町（約三百二十七メートル）ほどらしいわ」

「ほうかい。おまんも来るか？」

「当たり前だがや。綾女殿に、松之助の無事を伝えにゃならん」

「ほ、ほうだのう……色々な意味で、相すまんこってす」

「やめてくれ。足軽たちが妙な目で見とるがね」

鉄砲大将が二番寄騎に深々と頭を下げているのだから、足軽ならずとも目を丸くするところだ。会話はここで途切れ、義兄弟は馬を離し、距離をとった。

梅雪の血縁者が開山したという日蓮宗《にちれんしゅう》の寺に、綾女の小さな墓はあった。墓といっても、墓石の下に遺体や遺骨はない。大名公家、高位の武士は別にして、庶民の骸《むくろ》は共同の埋葬場所に葬《ほうむ》られた。墓石はなく、土をこんもりと盛る程度だ。良く言えば塚、有り体《てい》に言えば土饅頭《どまんじゅう》である。

綾女は、城主の生母の侍女ということで、墓石の代わりに、小さな半浮彫《はんうきぼり》の石仏が境内の隅に建てられていた。石仏の設置代を含め、供養料はすべて生前の上役であった乙部八兵衛が負担したそうな。

「人の一生なんて、あっけねェもんだら」

「ほうだのう」

辰蔵が背後から呟き、石仏の前に腰を下ろした茂兵衛が生返事をかえした。江尻城到着後すぐに駆けつけたので、二人とも甲冑姿のままだ。

(曳馬城《ひくまじょう》の南曲輪《くるわ》で最初に会ったとき、俺も綾女殿も甲冑姿だったわ)

甲冑姿云々の前に、あの時の二人は槍と薙刀《なぎなた》で打ち合ったものだ。主人田鶴姫《たづるひめ》の横死に動転し、綾女は薙刀を振り回した。しかし、その得物の重さを制御できずに、薙刀に振り回されている華奢《きゃしゃ》な娘が哀れで仕方なかった。

(まさか俺ァ、同情から綾女殿に惚れたのか……もし本当にそうなら、綾女殿はさぞガッカリされるだろうなァ)

辰蔵からいつも叱られるが、茂兵衛は周囲に優しすぎるのだ。「甘ちゃん」と言ってもいい。郷里で一人、戦場で二百人以上を殺してきて「優しい」とか「甘い」なぞと笑止千万だが、自覚はなくもない。

(ああ、そうか……それでかァ)

一つ思い当たった。

敏《さと》い綾女は、甘ちゃんの茂兵衛が「同情から自分に惚れた」ことに気づいていたのかも知れない。

だから綾女は茂兵衛の恋心を拒み続けた。初めて愛を交わしたのは、曳馬城での邂逅《かいこう》から十四年後だ。三十になった綾女は、徳川の女隠密として、また穴山梅雪正室の侍女として、自分の足で確かな人生を歩んでいた。そうなって初めて、茂兵衛を受け入れる気になったのではあるまいか。

(ま、考えても詮無いことだがや。もう、綾女殿はこの世にいねェのだからな)

墓を前にすると、綾女の死は茂兵衛の中で現実となった。たった一度——最初で最後の逢瀬《おうせ》で茂兵衛の子を身籠り、その結果として、命を落とした女を想い、瞑目合掌した。

「俺の所為《せい》だら。俺の所為で綾女殿は死んだ」

と、思わず口をついて悔恨の言葉が漏れた。

「たァけ。なんでもかんでも一人で背負い込むな」

義弟が厳しい口調で義兄を叱責した。

「でもよォ。身籠らせたのは、俺なんだからよォ」

「やめとけ」

「敬愛する女主人に死なれ、亭主に死なれ、姉の一家は皆殺しにされた。最後は手前《てめ》ェで産んだ子を抱くことすらできなかった。哀れな一生よォ」

綾女の名誉を慮《おもんぱか》って辰蔵にも誰にも話していないが、実は、敵の雑兵数名から凌辱された過去まであるのだ。

「それ全部が、おまんの所為ってわけじゃあるめェ」

辰蔵が辟易《へきえき》した様子で吐き捨て、草摺《くさずり》をガチャリと鳴らして立ち上がった。

「もう、帰るのか？」

茂兵衛が振り返ると、墓に一礼した辰蔵が「おまんも来い」と言った。

「ここに長くいたら気鬱を患うわ。おまんが自分の所為で気鬱になって、泉下《せんか》の綾女殿が喜ぶとでも思うのか？」

「……いや」

「ならば来い。鉄砲隊のところへ戻ろう。皆がおまんを待っとるがや」

「ああ」

と、頷いて重い腰を上げた。

「ええか茂兵衛よ」

妙泉寺から江尻城二の丸にある鉄砲隊の屯所へ帰る道すがら、辰蔵が馬を寄せ、茂兵衛に囁いてきた。

「人はなァ、生きてるだけで罪を重ねるもんだら。周りに迷惑をかけるもんだら。おまんも俺も、タキも寿美様も誰も彼もそうよ。そこは、お互い様だがね。だから悔やんだり、悼《いた》んだりするのは一度こっきりでええ。後は顔を上げて今を精一杯に生きろ。それが仏の教えってもんだがや」

「そ、そうなのか？」

「や、ま、よくは知らんが……」

辰蔵が赤面し、月代の辺りを指先で掻いた。

その辰蔵の赤い顔が、見る間に青く変色した。驚いたような、絶望したような目で、茂兵衛の背後の一点を見つめている。

「辰、どうした？」

と、辰蔵が見つめる先を、振り返って見ようとした刹那、辰蔵が手に握った鞭《むち》を振るい、雷の尻を強く打って叫んだ。

「走れッ！」

「え？」

鞭を入れられた雷は脱兎の如くに駆け出した。茂兵衛は慌てて鞍《くら》の前輪《まえわ》に摑まり、危うく落馬を逃れた。

（な、なんだァ？）

振り返ると、そこには女がいた。小袖を被衣《かず》き、侍女らしき若い女を連れている。身分ある武家の妻女といった風情だ。その姿形には見覚えがあった――というより、忘れられない。

（あ、綾女殿？）

――墓参りをした直後なだけに背筋が凍った。

「嘘つけェ！」

江尻城内の屯所で、茂兵衛は辰蔵の両頰をつねり上げた。

「イテテテテ」

「こらァ辰……おまん、なにを隠しとるか」

「隠してなんかねェわ。ありゃ、ただの人違いだがね。他人の空似だがや」

「惚《とぼ》けやがって、野郎、絞め殺すぞ」

と、小柄な義弟を押し倒し、馬乗りとなり、首をグイグイと絞めにかかった。

事実戦場では、このやり方で幾人も絞め殺している。

「や、止めろ！　話すから、話すから手を放してくれェ。これじゃ話せねェだろうがよォ」

「話の内容によっちゃ、ワレ、本気で殺すからなァ」

茂兵衛は辰蔵を解放し、褥《しとね》を引き寄せて座り直すと、土器《かわらけ》の酒を荒々しく飲み干した。とても徳川の物頭には見えない。まるで山賊の親方だ。

「さ、最初は俺もよォ、綾女殿が化けて出たに相違ないと慌てた。よう似てたものなァ」

「それで？」

「だから、おまんがとり憑《つ》かれちゃいけねェからと、雷に鞭を入れたんだわ」

「たァけ」

辰蔵の月代の辺りをペチンと叩いた。

「どうして俺が、綾女殿にとり憑かれなきゃならねェんだよォ」

「そりゃ、色々恨みとか……」

「ドたァけ」

また、パチンと叩いた。

「どうして俺が、綾女殿から恨まれなきゃならねェんだよォ」

「だって」

義弟が叩かれた頭を擦りながら反駁《はんばく》した。

「綾女殿が死んだのは俺の所為だって、おまん、ゆうたがや」

「なんだとォ？」

睨みつけ、拳固を振り上げると、辰蔵は両手で頭を庇いながら「確かに、そう言ったがや」と必死に抗弁した。

「あ、そ、そうか……」

我に返って、握った拳を膝の上に下ろした。

気まずい沈黙が流れた。

隣室からは、楽しそうに談笑する声が聞こえてくる。

「俺ァ、おまんが去った後によくよく見たよ。まったくの別人だった。被衣《かずき》の内だったし、ま、単なる見間違えだわ」

「ふ〜ん……よう似とったけどなァ」

「綾女殿は二年前に産褥で亡くなったんだ。もう忘れろ」

「……おう」

「大体よォ」

ここで、我慢に我慢の義弟が反撃にでた。

「おまんは昔からよォ。綾女殿がからむと人が変わっちまうんだわ。何とかせェよ。傍迷惑だがや。ちょっと似た女とすれ違っただけで、俺ァ、頬をつねられ、首を絞められ、頭を二発もはたかれるのかい？　お？　はっきりゆうてな、付き合いきれんぞ」

「す、すまねェ」

足軽大将が、深々と頭を下げた。

（でもなァ）

ま、最前の女は人違いであったのだろう。そこはいい。ただ、他にもここ江尻には腑に落ちない点が幾つかあった。有泉大学助《ありいずみだいがくのすけ》以下の穴山衆が、なぜか茂兵衛にそっけないのだ。

有泉とは穴山氏館潜入、甲府上野城《うえのじょう》攻め、伊賀越え、天正壬午の乱と長くともに戦った仲だ。恩に着せるわけではないが、伊賀越えでは、足を負傷した有泉を背負って山越えをした茂兵衛である。折角、江尻に立ち寄ったのだから、彼らと旧交を温めるのを楽しみにしていたのに、誰も近寄って来ない。有泉は「病に臥《ふ》せっているから」と言ってきた。ならば「見舞いに行こう」と返したのだが、丁重に断られてしまった。

（どうなってんだァ。なんか変だぞォ）

辰蔵をギロリと睨むと、義弟は動揺し、あからさまに視線を逸らした。

翌朝、払暁《ふつぎょう》を待って家康一行は江尻城を発った。

鉄砲隊の先頭に立って城門を潜るとき、見れば、有泉大学助以下、十名ほどの穴山衆が城門脇に並んで手を振ってくれている。誰もが弾けるような笑顔だ。

（あれェ？　大学助殿、元気そうじゃねェか）

会釈を返しながら、茂兵衛は訝《いぶか》しく感じた。

やはり、江尻《ここ》はなにかがおかしい。

# 四

「こらァ、植田ァ！」

家康の怒声が響いた。行列の先頭近くで主人が呼んでいる。

それにしても――徳川に仕えてもう二十一年が経つが、どうして主人は今でも通り名の「茂兵衛」ではなく、苗字の「植田」で呼ぶのだろうか。茂兵衛の知る限り、他の家臣、別《わ》けても番頭《ばんがしら》、物頭の地位にある家臣は、全員が通り名で呼ばれている。そもそも、三河には同じ苗字が多いのだ。城下の人込みで「本多」や「鳥居《とりい》」と呼べば、数名が振り返るはずだ。よって、互いに通り名で呼び合うのが当たり前になっている。なのに、自分一人が通り名では呼ばれない。他人行儀と言おうか、水臭いと言おうか、壁を感じる。更には、必ず枕に「こらァ」が付くのも気がかりだ。

（俺、よほど嫌われてるんだろうか）

と、あたかも若い娘のように、すねる心がなくもない。茂兵衛は鞍上で悲しげに俯《うつむ》いた。

雷が、ブルンと鼻を鳴らし、茂兵衛は我に返った。

（あ、ほうだ。俺、殿様から呼ばれてたんだわ。行かなきゃ）

すねている場合ではない。茂兵衛は慌てて雷の鐙《あぶみ》を蹴った。

「おまんはな……」

家康は、側近に囲まれてのんびりと馬を進めていた。

彼ら最側近のことを馬廻衆《うままわりしゅう》と呼ぶ所以《ゆえん》である。大久保忠世と本多正信、それに本多作左衛門が家康のすぐ後ろで轡《くつわ》を並べており、主人の話し相手を務めていた。茂兵衛が観察するところ、家康の機嫌は——あまり宜しくない。時折、背中の腫物を気にしている。「触れると痛むから」と今日の家康は甲冑すら着けていない。ま、体調が悪ければ不機嫌になるのは、貴賤の区別はないようだ。

家康に、馬の歩みを止める気はなさそうなので、茂兵衛も主人の後について雷をゆっくり進めた。

「この弥八郎とともに鉄砲隊は先行せよ」

家康は振り返ることなく、肩越しに右手の親指で後方の正信を指した。

「はッ」

「おまん、弥八郎のことは知っとるな？」

「はッ。小諸《こもろ》以来、よくして頂いておりまする」

と、返事をしながら、正信と目礼を交わした。

茂兵衛は忠世の寄騎であり、正信は忠世の食客《しょっかく》だ。忠世繋がりで、顔見知りであるのは事実だが、親しく言葉を交わしたことは一度もない。

「四月の十五日を目途にワシは甲府に入る。安房守（真田昌幸）には十三日に甲府に参るよう命じてある」

ここまで話してから、家康は急に押し黙った。陣羽織の背中を盛んに気にしている。よほど腫物が痛むようだ。

「ほれ、言わぬことではねェ、殿、まだまだその腫物は悪うなりまするぞ」

と、家康の後方で馬を進める本多作左衛門が、主人に苦言を呈した。

「手治療がいかんのですわ、手治療が……ちゃんと薬師に診《み》せんから」

「うるせェわ」

家康が苛々と吼えた。

「ワシの体はワシが一番よう知っとるがね」

「ならば、なんで治らんのですか？」

「たァけ……黙れ、作左」

背中の出来物は悪化するばかりだ。拗《こじ》らせて死病となっては一大事と、事あるごとに家臣たちは忠告するのだが、それでも頑固な家康は医者に診せようとはしなかった。

「植田、おまんはな、弥八郎とともに甲府へ先乗りし、抜かりなく鉄砲隊を配置して甲府城の守りを固めよ」

なにせ家康が面談する相手は、表裏比興之者たる真田昌幸だ。万が一に備えるということだろう。

「ははッ」

返事をしながら「こりゃ、辛い旅になる」と心中で嘆息を漏らした。

今朝、江尻を発ったばかりで、富士山《ふじさん》は右手前方遥か彼方《かなた》に見えている。ここから甲府まで二十里（約八十キロ）弱はあるだろう。今日は十日だから、十三日前に甲府入りするのは、不可能とまでは言わぬが、それなりの強行軍となりそうだ。

「仔細は弥八郎が弁《わきま》えておる。この者はワシの軍師じゃ。今後は、弥八郎の指示に従え、よいな？」

「はッ」

と、雷の鞍上で頭を下げた。

「弥八郎」

「はッ」

軍師が顔を上げ、主人の背中を見た。

「上田城への遣いは、必ずこの植田を用いよ。この大男は、姿形に似合わず人たらしでな」

(だ、誰のことだら?)

内心で当惑した。「人たらし」なぞと生まれて初めて言われた。

「巧いこと、真田一家に食い込んでおるらしいわ。上田城には植田が……ええい糞ッ。あれもこれも、『うえだ』ばかりじゃなァ」

家康は鞍上で体を捻り、茂兵衛を見た。

「鉄砲隊の『うえだ』と城郭の『うえだ』が重なって紛らわしい」

大きな声である。まるで周囲に聞かせているようだ。

「戦場で下知を聞き間違えたりすれば一大事じゃ。今後は『植田』と呼ばずに『茂兵衛』と呼ぶか? どうだ茂兵衛?」

「ははッ」

どう返していいのか分からず、とりあえず頭を下げた。馬廻衆たちが、互いに目配せし合っている。

ここで茂兵衛は確信した。

家康が、今日まで通り名を呼ばなかったのには理由があったのだ。側近である馬廻衆への配慮であろう。百姓上がりの茂兵衛は、名門揃いの家康側近たちから、今も人気がない。他人行儀に苗字を呼ぶことで、家康は茂兵衛との間に壁を設けていた。そうやって側近たちの溜飲を下げていたのだ。

上田城と植田茂兵衛が「うえだ重なりで紛らわしいから」と、どうでもいいような理由を、あえて付けねばならぬほどに、茂兵衛は嫌われていたようだ。いずれにせよ茂兵衛としては、初めて家康から直臣《じきしん》と認められたような気がして、素直に嬉しかった。少しだけ目頭が熱くなり「人たらしの大男」は、そっと顔を伏せた。

その日の午後、茂兵衛の鉄砲隊は本隊から離れて先行し、甲州《こうしゅう》往還を速足で北上していた。茂兵衛隊の健脚振りはつとに知られるところである。足軽大将として、それはそれで誇らしいことなのだが、いつもこうして酷使され勝ちだ。

（三十を幾つも越えた足軽も多いのだから、もう少し配慮してもらわねば辛いわのう）

と、心中で愚痴《ぐち》を零した。

茂兵衛は、本多正信と並んで馬を進めている。こうして親しく言葉を交わすのは初めてのことだ。

「貴公は、真田の源三郎《げんざぶろう》殿と昵懇《じっこん》なのか？」

ボソボソと低い声で必要なことのみを語る。余計なことは一切言わない。

「昵懇とまでは申せませんが、確かに安房守様や、弟の源二郎《げんじろう》様よりは、話が合うやに思います」

「安房守殿と御嫡男《ちゃくなん》の仲は如何だ？」

「真田の御子息らは、お二人とも親に似ず素直で明朗な若衆にございますゆえ、特段親子仲がどうとは、聞いたことも感じたこともございません。兄弟仲も宜しいように見受けられまする」

「同腹か？」

「はい、お二人とも正室の山手《やまのて》殿が御母堂と伺っております」

「あ、そう」

少し落胆したような声だ。

そもそも正信には表情がない。いつも俯き勝ちだから、なおさら感情が読めない。ただ、口を開くと案外常識人で、冗談こそ言わぬが、特に変人ということも、皮肉屋ということもない。

茂兵衛が続けた。

「ただ、御嫡男の源三郎様は、いささか体がお弱く、そこを安房守様は大層御心配になっておられます」

「貴公が、熊胆《ゆうたん》を飲ませたとかいう話か？」

妙なことを知っている。健康は源三郎の器量にも関わることだ。茂兵衛はこれまでこのことを口外した覚えはない。

「はい。夏風邪をこじらせておいででしたので、少々融通《ゆうずう》致しました」

「効いたか？」

「そのように伺っております」

軍師は、己が正面の草摺――通称「金玉隠し」という――の裏をゴソゴソと探っていたが、やがて二寸（約六センチ）ほどの小さな鹿革の巾着を取り出した。中から黒褐色の扁平な塊《かたまり》を摑み出して、茂兵衛に示した。

「ワシも諸国遍歴が長かったからのう。これだけは手放せなんだ」

「ほう、上物の熊胆にございまするな」

一般に熊胆は、黒に近い褐色のものが高品質だ。色が薄いと、成分も薄いのかあまり効かないようだ。弥八郎のそれは、小粒だが真っ黒で、なかなかの上物と見た。

「貴公にはな……」

正信が巾着をしまいながら囁いた。

「なにも、隠密の真似事をせよとは申さん。殿は『人たらし』とか仰せじゃったが、実のところ苦手であろう？　その手の役目は」

「はい、苦手にございます」

ここは、はっきりと正信の目を見て答えた。腐れ縁の朋輩《ほうばい》である乙部八兵衛とは違う。妙な役目を押し付けられては堪らない。苦手なものは苦手なのだ。

「誰にも向き不向きはござるよ。ただ、貴公は心情面において真田の家族に食い込んでおられる。貴公の人柄さ。そこは無駄にしたくない」

道は坂をダラダラと上り始めていた。足軽や徒士武者たちの息が上がっている。先頭を騎馬で行く筆頭寄騎の横山左馬之助が振り返り、右手を高く挙げ、大声で号令した。

「歩け。ゆっくり歩いてよし」

辰蔵と花井、各小頭たちが次々に復唱した。皆、ホッとしたように速足を止め、肩で息をしながらトボトボと上り始めた。茂兵衛隊の鉄砲は六匁筒《ろくもんめづつ》である。南蛮胴をも撃ち抜く強力な得物だが、その分重い。一貫（三・七五キロ）前後もある。さらに、火薬だの鉛弾だの火縄だのを背負うから、具足や携行食と合わせて相当な負荷で、坂道で駆け足させるのは酷い。

「貴公は、できるだけ上田城に行け。できれば日参せよ」

大久保忠世の隊は小諸に駐屯する。忠世の寄騎である茂兵衛も小諸城に住むことになる。小諸城と上田城は、四里（約二十キロ）ほど離れており、毎日通うのは大変そうだ。軍師は話を続けた。

「難しい話をせんでもええ。槍働きの自慢話でもして帰ってこい。ただし可能な限り頻繁に行かれよ」

「迷惑がられませんか？」

「大丈夫。昌幸は貴公が徳川の物見役《ものみ》であることを察するだろうから、あえて嫌な顔はせんはずじゃ。下手に断ると痛くもない腹を探られるでな。ま、本当に腹は痛くないのかは疑問だが」

「それがし、物見役にござるか？」

「左様」

「どんな点を見て参りましょうか？」

「城内に兵糧を運び込んでおる様子はないか、堀を深く穿《うが》ってはいないか、陣借りの浪人者がうろついてはおらぬか……ま、なんでもええ。細かいことでもなんぞ気づいたらすぐに報告して欲しい。安房守の奴めが、戦や裏切りを画策しておるやも知れんでな、ハハハ」

と、軍師が苦く笑った。

（ほう、このお方も、笑うことがあるのかい？　引き攣《つ》ったような笑いだな。あまり笑い慣れてねェんだろうなァ）

正信の笑顔を初めて見た茂兵衛は、ある種の感慨に浸っていた。

## 五

信玄以来、甲斐国経営の拠点はあくまでも躑躅《つつじ》ヶ崎館《さきやかた》であった。

天正壬午の乱以降、家康から甲府の奉行に補された平岩親吉《ひらいわちかよし》も、当初は躑躅ヶ崎館で指揮を執《と》ろうとした。しかし、城郭というより政庁と呼ぶのが相応《ふさわ》しい同館の防御力は、如何にも貧弱で頼りなかった。十二世紀の武田信義《のぶよし》以来、十九世を繋いだ武田氏当主の信玄と、昨日今日の征服領主である徳川の、さらに代官に過ぎない平岩との自信の差であろう。

平岩は、曲輪も新設するなどして、躑躅ヶ崎館の防御力強化に取り組んだが、やがて諦めた。家康の許可を得て、天正十一年（一五八三）から、躑躅ヶ崎館の南方の一条《いちじよう》小山《こやま》で、新城の建設に着手した。それから二年、天守など一部を除いてほぼ完成の域にある。石垣積みの近代的な平山城だ。甲府城とも、舞鶴城《まいづるじよう》とも呼ばれている。

「これは、立派な城だのう」

雷の鞍上で、茂兵衛は感嘆の声を上げた。石垣が三層に積まれた新しい設計思想の城だ。下から眺める分には、石垣で作られた「山」に見える。

茂兵衛と鉄砲隊は、城の南側に開いた大手門の枡形虎口《ますがたこぐち》を抜け、楽屋曲輪《がくや》へと入った。ここが鉄砲隊の野営場所に指定されている。

楽屋曲輪からは、石垣に守られた二の丸と本丸が連なって眺められた。石垣はほぼ垂直に築かれており、ここから二の丸までの比高は六間（約十一メートル）ほど。二の丸から本丸までだと、比高八間（約十四メートル）はある。二の丸も本丸も、こぢんまりとしており、巨城でこそないが、少人数で短期間守り通すならそれなりに堅い城かと思われた。

茂兵衛は、花井一人を連れて城外へと下り、外堀の周囲を歩いて検分した。

「花井、この城をどう見る？」

「左様。水堀と石垣が頼りの城にございまするな」

花井が淀みなく答えた。

「ほう」

「外堀を見渡す櫓《やぐら》は、巽《たつみ》（南東）と乾《いぬい》（北西）の二ヶ所だけ。幾つか外周に櫓を増やせば、うんと堅くなろうかと思いまする」

石垣は、崩れる心配が少ないから急勾配《きゅうこうばい》に作れる。攻城側はよじ上るだけでも苦労だ。そこを、堀に突き出した櫓から狙い撃たれると、もうお手挙げ状態となる。櫓は城壁防衛の要《かなめ》なのだ。

「なるほどな」

阿呆の花井にしては上出来である。茂兵衛は見直す思いで三番寄騎を眺めた。

「おまん、いつの間にやら賢うなったな」

「え？」

花井が照れて、月代の辺りまでを朱に染めた。

「や、ま、鉄砲隊寄騎の心得にございまするゆえ」

「ふ～ん、や、大したもんだら」

しばらく沈黙が流れた。

「あの……実は、受け売りにございまする」

花井は、消え入りそうな声で言った。やはり、そんなところだろう。

「横山様と木戸様が、櫓について話し合っておられましたのを聞き、つい、我が思案のような口ぶりで申し上げてしまいました。相すみません」

「いやいや、大事なことをきちんと覚えておっただけでも偉い。今後も励めよ、花井」

「ははッ」

ま、正直なのが、唯一無二、花井庄右衛門の長所である。いい奴なのだが、もう少し賢ければ——と、茂兵衛は溜息を漏らした。

「明日には安房守殿が到着されよう」

木の香までが真新しい甲府城の御殿内で、徳川の甲府奉行を務める平岩親吉が、茂兵衛に伝えた。

「相すまんが、乾と巽の両櫓、三ヶ所の虎口に、おまんの鉄砲隊をそれぞれ配して欲しい。過不足ないようにな」

「ははッ」

「弥八郎殿、それで宜しいか？」

「はい」

腕を組んで瞑目していた正信が頷いた。

平岩は、天文《てんもん》十一年（一五四二）の生まれというから家康と同年齢だ。駿府人質時代からの股肱《ここう》で、家康への忠誠心が異常なまでに強い。強すぎる余り家康から「殺せ」と命じられれば、相手が誰でも躊躇《ちゆうちよ》なく斬る。たとえ家康の実の伯父でも平然と斬る。しかも、その場所は、徳川家と縁《ゆかり》の深い岡崎大樹寺《だいじゆじ》の境内であったという。無口で陰鬱な目をした、若干近寄りがたい人物であった。

（つまり平岩様は、俺とは正反対の御仁だわなァ）

茂兵衛は、家康から「穴山梅雪を殺せ」と事実上命じられたが、何のかんのと思い悩み、結局梅雪は落武者狩りの餌食《えじき》となった。つい、四ヶ月前には——命じられてこそいないが——秀吉を殺す絶好の機会を腹が据わらずに逸している。平岩と比べれば、まったくの駄目家臣であろう。

「なんだら、植田？　なんぞあるならゆうてみりん」

茂兵衛が、よほどの思案顔をしていたのだろう。平岩が訝しげに質した。

「いえ、別になにもございません」

慌てて打ち消した。

平岩は「妙な奴じゃ」とでもいいたげな顔で一瞥《いちべつ》をくれた後、今度は正信に向き直った。

「弥八郎殿は、もしや安房守殿が、強力な軍勢を引き連れて甲府に来るやも知れぬ、と考えておられるのか？」

「そこは分かりませぬ。ただ、いずれ殿もこの城に入られるわけだし、あらゆる事態に備えておくということでござる」

「うん。なるほど」

と、正信に頷いた後、また茂兵衛に顔を向けた。

「安房守殿が、早目に到着せぬとも限らぬ。いそげ植田」

と、平伏し、早速に鉄砲隊の割り振りを始めたのだが——翌日の十三日、昌幸は甲府に姿を見せなかった。その翌日にも来ず、代わりに家康一行が、一日早く甲府城に到着してしまった。

「安房の奴が遅延しておるとな……舐《な》めくさりおって」

さすがに家康は気分を害した。

一応、真田は家康に臣下の礼を取っている。主人から「十三日までに来い」と呼びつけられて、十四日になってもまだ姿を見せないのだから、背盟の誹《そし》りを免れまい。

「奴は今、どこまで来ておる？　弥八郎、物見は出したのであろうな」

「はッ。出しましてございます」

正信は、やるべきことはやっていた。昌幸が甲府に至る経路と思われる諏訪《すわ》への往還に、信頼のおける者を物見として放っていたのだ。

「諏訪を通らず、佐久《さく》から直接来るのではねェか？」

「佐久往還にも物見は出してござる」

「穂坂路《ほさかみち》は？」

家康が執念深く質した。

「抜かりはござらん」

さすがにムッとした表情で答えた。

「有力国衆の行列ですからな。よもや見逃すはずはないのでござるが」

平岩が嘆息を漏らし、首を傾げた。

上田から甲府までは二十八里（約百十二キロ）あり、途中には熊や山賊が出るような山道が続いている。ある程度の数の護衛を連れてくるはずだ。真田領のうち、小県《ちいさがた》の石高は三万八千石で、沼田領のそれは二万七千石ある。合計すれば六万五千石となり、総動員兵力は千七百人ほどだ。その内の一割を同道すれば百七十人、さらにその半分でも八十人前後にはなろう。それだけの武者が往還を通れば、物見が見逃すはずはない。しかし、現在まで「昌幸一行が通過した」との報告は一切来ていないのだ。

「ふん、どいつもこいつも、使えん奴ばかりだわ」

そう悪態をついて、家康は身を捩《よじ》った。背中の腫物がよほど痛むのだ。

甲府城の書院には、主だった武将が顔を揃えていた。家康の他に、甲府奉行の平岩親吉、甲斐東部の郡部を統《す》べる鳥居元忠《とりいもとただ》。信州《しんしゅう》惣奉行の大久保忠世と彦左衛門の兄弟。植田茂兵衛と松平善四郎の義兄弟。本多作左衛門と本多正信——こちらは遠い親戚程度か。

長旅の疲れもあり、家康は苛ついていた。

「おい、誰ぞ万能膏を持て」

「ははッ」

と、小姓が転がるように書院から走り去り、事情に通じた武将たちが一斉に鼻白んだ。

（ああ、万能膏って……例の、殿様お手製の……）

常に現場勤務の茂兵衛は、家康の傍近くに仕えたことがない。その彼ですら聞き覚えがある、悪名高き、家康お手製の塗り薬だ。

（確か、ドクダミだか蓬《よもぎ》だかを煮溶かして作るそうな。お袋も似たような薬を作ってたぞ。おいおい、渥美《あつみ》の百姓と百五十万石の殿様が同じ処方かい）

一定の効果はあるのかも知れないが、家康の場合、切り傷から虫刺され、打身、今回のような腫物にまで、外用薬はすべてこれのみで済まそうとするからいけない。当然、ときには症状に合わず、むしろ傷を悪化させてしまう。

「万能膏を持って参じましてございます」

肩で息をしながら、小姓が膏薬の壺を捧げ持った。

「これよ、これ。これが効くのよ」

と、家康は羽織を脱ぎ、もろ肌を脱いで上半身裸となった。肥満し、醜く垂れた肉が露わになる。以前に塗った万能膏が、覆った晒《さらし》に滲み乾いて、黒々と見えた。家康は、脇息を抱きかかえるようにして座り、万能膏を持つ小姓に背中を向けた。

「さ、塗れ。たっぷりと塗りたくれ」

小姓が「御免」と小声で呟き、晒に手を掛けたところで、我慢しきれなくなった大久保忠世が声を張った。

「殿……拙者、よい金瘡医を存じておりまする。手治療はお控えあって、一度お診せになられては如何か？」

「たァけ。どの金瘡医も似たり寄ったり。信じられんわ」

家康が、忠世を睨みながら吐き捨てた。

「駿府時代なァ。知り合いの今川侍が矢傷を膿ませて熱を出したのよ。巧いと評判の金瘡医に診せたら、なにをされたと思う？　馬の小便で傷を洗われ、磨《す》り潰した蜘蛛《くも》だか百足《むかで》だかの汁を飲まされた。二日後に死んだわ」

「……そ、それは」

一同、困惑して顔を伏せた。駿府時代を知る平岩親吉などによれば、一応は事実であるそうな。確かに、金瘡医は玉石混淆であり、酷い者は酷い。家康の場合、偶《たま》さか「酷い例」を目の当たりにしてしまったのだろう。少年の頃に抱いた金瘡医に対する悪感情が今も抜けないようだ。

「茂兵衛よ」

傍らの忠世が小声で呼びかけてきた。

「おまんの鉄砲傷を治したのは、金瘡医だな？」

「はいッ。平八郎様に名医を御周旋頂き、命拾いを」

と、こちらも小声で答えた。

永禄《えいろく》十二年（一五六九）、掛川城外《かけがわじようがい》で茂兵衛は銃弾を肩に受けた。弾は肩の肉の中で腐り、発熱し、死線を彷徨《さまよ》った。平八郎が室井千重《むろいせんじゆう》という若い金瘡医を連れてきて治療させ、結果、今も生きている。

「殿、そのような無茶苦茶な金瘡医ばかりではございませんぞ」

忠世が家康に向き直った。

「この茂兵衛が生き証人にござる。掛川城外で銃弾を肩に受けて死にかけた」

ここで忠世は、茂兵衛を見た。

「で、誰に命を救われた？」

「き、金瘡医に」

慌てて答えた。

「馬の小便で傷を洗われたか？　百足の汁を飲まされたか？」

「いえ、ちゃんとした治療を受け申した」

「ほら、ね、殿……金瘡医も色々にござる」

「たァけ。茂兵衛など殺しても死なんわ。こやつなら、馬の小便でも、百足の汁でも全快したろうさ。繊細なワシの体と、こんな猪の親族のような奴の体とを一緒に致すな」

一同から乾いた笑いが起こった。

（糞ッ。今笑った奴ら……金輪際《こんりんざい》忘れねェ）

「いずれにせよだ。ワシの体はワシのものじゃ。おまんらの好きにはさせせん」

と、家康は脇息にもたれかかりながら、家臣団を睨《ね》め回《まわ》した。

「ああ、もう。徳川もこれにて終わりか！」

本多作左衛門が大声で言い放ち、褥から立ち上がった。

「たァけ。作左、控えよ！」

家康が作左を指さし、鬼の形相《ぎょうそう》で怒鳴りつけたが、作左も退かない。傷だらけの顔を歪めて不敵に笑った。

「拙者は今年五十七。もう老い先も短い。下らぬ手治療なんぞで殿が無駄死にされ、徳川家が秀吉に攻め滅ぼされるのを見たくはねェ。よって、この場にて腹を切る」

「たァけが、大口を叩くな！　切れるものなら切ってみりん！」

「なんと！　この作左、大口と女房は叩いた試しがねェわ！」

ズカズカと一座の中央に進み出て、威勢よくもろ肌を脱いだ。こちらも裸の家康に正対して床にドッカと座ると、やおら腰の脇差を抜き放った。

「たァけは殿の方だら！　三河武士の最期、とくと御検分あれ」

そう吼えるなり、本当に切っ先を、己が左腹に二寸（約六センチ）ほど突き刺したのだ。見る間に鮮血が滴り落ちる。

（あぁッ、いけねェ）

立ち上がろうとする茂兵衛を、横から忠世が押し止めた。振り向くと、意味ありげに目配せした。

（でも、あのまま放っておくわけにも……え？）

忠世が茂兵衛を制止したのには理由があった。家康が立ち上がったのだ。

「馬鹿ァ、作左、止めよ！」

と、叫んで上座から駆け下り、背後に回り込むと作左を羽交い締めにした。

「お放し下され、拙者は死ぬ！」

「たァけ。主命である。死ぬな！」

「いいや、死ぬ！」

「死ぬな！」

裸の作左に裸の家康が抱きついたまま、押し問答が繰り返された。芝居がかっても見えるが、現に作左は大量に出血している。袴の過半は、朱に染まっているのだ。

「分かった作左、ワシは金瘡にかかる」

「ほ、本当にござるか！」

「約束する。すぐに七郎右衛門（忠世）の金瘡医を呼ぶ。腫物を診せる。だから作左……し、死ぬな！　死んでくれるな！　戦場以外の場所で死ぬるは断じて許さん！」

後半は感極まって涙声になった。

「と、殿……」

こちらも泣きだした。裸の四十三歳が、裸の五十七歳を背後から羽交い締めにし、二人して号泣し始めた。

六

「申し上げます」

騒然とした書院に、小姓の声が響いた。一同は一斉に広縁の方を見た。

「門前に、真田安房守を名乗る人物が参っておりまする」

「な、なんだと」

泣きながら、裸の作左に抱きついていた裸の家康が目を剝《む》いた。無論、一同も色めき立った。

「それが、痩せ馬に乗った、みすぼらしい老人で」

(老人だと? 安房守様は、俺と同年齢の三十九だがや。老人に見えるなら、そら別人だろうよ)

と、心中で思ったが、同時に茂兵衛は、その「老人」が昌幸本人であるような気がしてならなかった。

（芝居がかった振る舞いが、どうにも安房守様好みではあるわなァ。そういうことがお好きなお方だからなァ）

「従者は幾人連れておる？」

横から正信が冷静に訊いた。

「轡を持つ裸足《はだし》の童《わらわ》が一人きりにございまする」

「童が一人か……」

物見が見逃すはずだ。六万五千石の領主が、そんな体裁で旅をしているとは誰も思わない。

「弥八郎、どう見る？」

裸の作左に抱きついた状態で、裸の家康が正信に質した。一座の注目が正信に集中した。

「おそらくは、気の振れた物乞い……乃至《ないし》は、安房守殿本人にございましょう」

軍師が辟易した様子で言い放った。

一座に沈黙が流れ、その隙に、家康は作左から離れ、衣服を直しながら、小姓に「疾《と》く、作左を金瘡医に診せよ」と小声で命じた。

「もしも安房本人であれば、その態度は臣下として許されざるべきところ。後々禍根を残さぬよう、殿のお許しを得て、拙者が成敗し申す」

平岩が陰鬱な目をして、脇差を左腰に引き付けた。

「それもなるまい」

羽織の紐《ひも》を結びながら家康が呟いた。

「甲府城に呼び出された安房守がワシに誅殺されれば、少なくとも小県の国衆たちは、下手をすると信濃全土の国衆たちがワシに不審の念を抱き、雪崩《なだれ》を打って秀吉側に走ろうよ。それにな……」

と、家康は声を潜めた。

実は、さらなる伏線もあったのだ。

昨年七月。室賀正武《むろがまさたけ》という信濃小県の国衆が、上田城内で斬殺された。真相は室賀と長野《ながの》某との喧嘩刃傷沙汰であったらしいが、昌幸はこれを政治的に利用した。同僚の信濃国衆たちに「室賀は、三河守様がワシに放った刺客よ。止むを得ず斬った」と吹聴して回ったらしいのだ。

「たァけが……去年の七月と申せば、ワシは小牧山城で秀吉の大軍と睨み合っておったわ」

家康が苦々しく吐き捨て、苛々と爪を嚙《か》んだ。

「刺客を放つなら、安房守ずれではなく、秀吉に放ったわい」

（おいおいおい。まさか、俺に当てつけて言ってるんじゃあるめェな？）

最近、機会に恵まれながら秀吉を殺し損ねた茂兵衛は、内心でドギマギした。

ただ、家康の言葉に嘘はないだろう。強敵と対陣していたのは本当だし、慎重な家康が、領国が動揺しかねない「配下の国衆暗殺」などという危うい策を用いるとは到底思えないからだ。

ただ、中には今も「室賀は、三河守様が放たれた刺客」と信じる信濃国衆がいるのも事実だろう。その辺の諸々を勘案し「家康は自分を殺さない」と確信した上で、昌幸は単身乗り込んで来た。つまり、そういうことのようだ。

甲府城の本丸御殿で、家康は真田昌幸を引見した。茂兵衛や彦左、松平善四郎など物頭以上の者が列席を許されたが、これは正信の策である。十四、五名の荒武者で囲み、昌幸に無言の恫喝《どうかつ》を加える算段だ。

「一日遅参致しました。申しわけございません」

と、昌幸が平伏した。

本日の真田安房守昌幸は、時代物の煤けた素襖《すおう》を着込み、半白になった蓬髪《ほうはつ》の上から古風な舟形烏帽子《ふながたえぼし》を被り、痩せ馬に跨《また》がり、轡取りの童一人を連れたのみで、単身甲府城に乗り込んできた。見る限り、地侍の家の「多少老耄《ろうもう》が進んだ隠居」といった風情である。

「安房殿、やっと貴公との約定を果たせる。ホッと致したぞ」

「有難き……幸せ」

再び昌幸が大仰に平伏した。

「沼田領を我が婿殿（北条氏直）に引き渡して頂く代わりの領地が、やっと見つかってのう」

「有難き……幸せ」

三度《みたび》、平伏した。でっぷりと太った家康と、ヒラヒラと長い袖を持て余す貧相な昌幸の掛け合いは、まるで三河万歳である。

「沼田の石高は、確か二万石ほどであったかのう？」

「いえいえ、二万七千石にございまする」

「あのな安房守、おまんの上田城な……築城の銭は誰が出した？」

「三河守様から頂戴致しました。有難うございました」

四度《よたび》平伏。

「で、あろう……それに免じ、二万石ではどうかの？」

「なかなか」

「では、二万五千」

「鐚一文《びたいちもん》、負かりませぬ」

五度《ごたび》平伏した。

茂兵衛の隣で、善四郎が膝の上に置いた拳をブルブルと震わせている。

茂兵衛は、義弟の膝を優しく叩いて宥《なだ》めた。

「あのような狸、ここで刺し殺してしまう方が話が早いわ」

「これ、お声が大きゅうござる」

「あの爺さえおらんようになれば、上田城のごとき天守もない平城、二日で落としてみせるわ」

「なあに、一日あれば十分だがね」

善四郎のさらに隣から彦左が呟いた。ただでさえ大きく遅参した昌幸が、恥じらうこともなく横柄な態度で家康に相対している。彼の一挙手一投足が徳川衆の神経を逆なでし、苛つかせ、興奮させる。もうこの時点で「無言の恫喝」などはすっかり無効化されていた。

「殺すわけにはいきますまい。あれはあれで、信濃の国衆たちに人望がある」

と、茂兵衛は若い二人を諫《いさ》めたが、実際に「ある程度は、その通り」なのであった。

本当に人望があるか否かは別にして——昌幸が、小領主が林立する信濃国の元締め的な立場にいるのは事実だ。

元来、信濃国衆たちの纏《まと》め役を務めていたのは、昌幸とは正反対の古武士のような硬骨漢、人格高潔な依田信蕃《よだのぶしげ》だったのだ。

依田は、天正十一年（一五八三）二月に佐久の岩尾城《いわおじょう》を攻めた際、敵弾を胸に受けて討死した。それ以降、どこをどう押したものか、昌幸が信濃国衆たちの纏め役の座に収まっている。ちなみに、人の噂によれば、依田の受けた銃弾は、背中から入って胸に抜けていたという。つまり、背後から撃たれたのだ。依田の死によって一番の利益を手にした者は誰か？　それは紛れもなく昌幸なのであろうが——ま、鶴亀鶴亀。

「ほうほうほう。あのォ……す、駿河に領地を頂けるのでございまするか」

そう嫌そうに呟いて、昌幸は押し黙ってしまった。

「二万七千石、大井川《おおいがわ》に近い平地だ、水利がよく、地味も肥えて米がよう穫れる。それに気候が温暖じゃ」

「はあ」

「確かに上田からは遠いが、それを申すなら沼田もまた遠いものなァ」

「はあ」

「沼田ならよくて、駿河はならぬという道理は通るまい」

「はあ」

長い沈黙が流れた。そして——

「こらァ、安房守！」

ここで遂に家康が切れた。珍しく色を作《な》した。茂兵衛を怒鳴りつけるのと同じ声だ。

「ワシは、おまんに起請文を入れた。しかし、そこには『沼田の代替地を与える』としか書いておらねェはずだぞ。沼田と同額の二万七千石、地の利は沼田よりええ土地柄じゃ。ワシは約定を守っとる。なにが不満か？」

「不満などはございませんが、一応、城に持ち帰りまして家子郎党《いえのころうとう》どもと協議を……」

「たァけ！　協議も糞もあるか！　今ここで首を縦に振れ、そして沼田を北条に引き渡し、ワシに起請文を返せ！」

「では、城に立ち戻り、起請文を取って参りまする」

と、褥から立ちかけるのを家康が制止した。

「駄目だ。おまんはここにおれ。使いの者を城へ遣り、起請文を取って来させればええ」

「はあ」

と、生返事をした後、また黙りこくってしまった。

ダン。

今度は善四郎が褥から跳び上がった。茂兵衛は善四郎を押さえようとしたが、その彼方では、すでに彦左が走り出していた。数名の物頭が昌幸に走り寄り、取り囲み、腰の脇差に手をかけた。

「安房守、ちゃんと返答致せ」

家康が昌幸を睨みつけた。

「返答次第によっては、我が物頭たちをけしかける。おまん、一寸刻みに切り刻まれるぞ」

「こ、怖い……嗚呼《ああ》、三河衆は恐ろしい。お、お、恐れいりもうしたァ」

昌幸が芝居がかって平伏した。

「もう降参にございまする。神にかけて、これ以上四の五の申しません」

「沼田を北条に引き渡すな？」

「ははッ」

「いつだ？」

「遅くとも、半年の内に」

「三月《みつき》の内に引き渡せ！」

「御意ッ」

「起請文も返すな？」

「すぐにお戻し致しまする」

「代替地は、駿河国内で承知だな？」

「ははッ」

「もし、言葉を違えた場合、ワシにも覚悟があるぞ」

「御意ッ」

家康が、正信をチラと見た。正信が渋い顔で短く頷いた。

「よし、おまんを信じよう」

「ははッ」

昌幸が平伏した。これで七度目の平伏となった。

その後、家康は十日ほど甲府に滞在した。

大久保忠世が連れてきた腕の良い金瘡医に診せ、甲府の東にある、石和《いさわ》の温泉で湯治を続けた。幸い金瘡医の治療は奏効したらしく、背中の腫物は大分軽快した。そこで「今のうちに」と、後事を鳥居元忠、平岩親吉、大久保忠世の三名に託し、慌ただしく浜松へと帰って行った。茂兵衛と善四郎と彦左が、それぞれ率いる足軽隊は、忠世の麾下として小諸城に詰めることになった。

甲府を去るにあたって、家康は信州惣奉行である忠世に、真田昌幸の扱いについての指図書《さしずしょ》を残した。

そこには、信濃国衆たちを糾合《きゅうごう》するには、昌幸が必要であること。昌幸を煽って、脅し、十全に利用すべきであること。そして、用事が済んだ後には、真田は潰すべきであること——の三点が認められていた。

忠世は指図書の内容を、茂兵衛ら寄騎たちに周知徹底させたが、三番目の指令だけは、なぜか伏せられた。

七

天正十三年（一五八五）の五月に入ると、秀吉が越中《えっちゅう》に出征するべく、麾下の大名たちに檄《げき》を飛ばしている旨の報せが、岡崎城の石川数正からもたらされた。秀吉を蛇蝎《だかつ》の如くに嫌う猛将、佐々成政の討伐である。

秀吉が越中を獲れば、国境を接する越後《えちご》の上杉は、秀吉の傘下に入ろうとするはずだ。現当主の上杉景勝《かげかつ》には、単独で秀吉に対抗する力はない。

七年前の天正六年（一五七八）、軍神上杉謙信が急逝すると、跡目を巡って二人の養子が争った。所謂「お館の乱」である。謙信の遺領を二つに割った内乱は、景勝の勝利で終わったが、戦後処理の不公平さを巡って国内は大混乱をきたし、未だ完全には終息していない。

上杉が臣従すると、秀吉の勢力は越後全体に及び、徳川領信濃は北方からの脅威にさらされることになる。信州《しんしゅう》惣奉行たる大久保忠世麾下の各部隊は、強大な敵の南下を食い止めるべく、最前線で戦わねばならない。そのためには、信濃国衆たちの協力と献身が欠かせないが、彼らを束ねている人物こそ、油断のならない、鼻持ちならない、信用の置けない真田昌幸その人なのである。家康以下、徳川家の諸将がこぞって昌幸を嫌悪し、誹る中で、比較的に親和性を保っているのは、植田茂兵衛ただ一人だけだ。茂兵衛が外交や調略に不向きなのを知りつつも、忠世や正信は、茂兵衛に頼らざるを得ない。

(俺だって、こんな役目やりたかねェわ)

と、愚痴りながら、今日も雷の鞍によじ上った。

茂兵衛は数日おきに、上田城へ通っている。なにをするでもない。本多正信に命じられた通り、只々昌幸親子と無駄話をし、酒を飲んで、帰ってくるだけだ。毎回、五人いる奉公人のすべてを同道した。自分が気づかない城内の変化を、彼らが察知してくれるかも知れないからだ。観察の目は多い方がいい。

茂兵衛が城に上がっている間、従者たちには小遣いを与え、上田城の城下町で気儘《きまま》に遊ばせることにしていた。商人や行商人の噂話などから、思わぬ異変に気づかぬとも限らない。

「で、茂兵衛殿は、元亀三年(一五七二)の三方《みかた》ヶ原《はら》には参陣されたのかな?」

「はい。本多平八郎様麾下の足軽小頭として参陣致しており申した」

昌幸の問いかけに茂兵衛が答えた。

茂兵衛と昌幸、それに源三郎の三人で酒を飲んでいる。場所は上田城本丸、東の虎口を見下ろす二重櫓の上だ。南側に静まる尼《あま》ヶ淵《ふち》を吹き渡る風がよく通り、梅雨《つゆ》時の憂さを忘れさせてくれるほどに快適だ。まさに別天地である。

上田城は、甲府城とは違い、高く石垣を積んだ当世風の城ではなく、水堀と土塁に護られた古風な城だ。ただ、櫓の数が矢鱈《やたら》と多かった。特筆すべきは、本丸の東西に開いた虎口を挟むように、それぞれ二基ずつの櫓が屹立《きつりつ》している点だ。あたかも寺の山門を守護する阿形《あぎょう》と吽形《うんぎょう》の仁王像の如し。

（これでは死角がねェぞ。攻め手は、射られ放題の、撃たれ放題だがや）

と、茂兵衛は土器をグイッと呷《あお》り、櫓から城門を見下ろした。虎口に押し寄せる攻城側は、左右の櫓上から矢弾を受けることになるから身の隠し場所がない。苦戦は必定だ。

その代わり天守はない。小諸城や高島城《たかしまじょう》など、同時期の信濃の城は必ず立派な天守を頂いている。象徴的な天守より、実質的な櫓の数を多くした、如何にも昌幸好みの実用本位の城と呼べるだろう。

（できればこんな城、攻めたかねェなァ）

甲府城と上田城「どちらを攻めたい？」と問われれば、茂兵衛は迷いなく、甲府城を選ぶ。

「ワシと貴公は同い年。三方ヶ原は、二十五、六歳の頃だったかな？」

「二十六の折にございます」

ここだけは確信を持って言えた。綾女が遠州侍《えんしゅう》に嫁《か》した年の暮れのことだ。

亭主の名は——確か、浅羽小三郎《あさばこさぶろう》とかいったはずだ。

「ワシは往時、馬場美濃守様の寄騎として、騎馬武者十五騎、足軽三十人を率いておった」

「ち、父上……」

源三郎が困惑顔で昌幸を制した。

「なんだ源三郎？」

「その、三方ヶ原の自慢話は、もう四度目にございまするぞ」

「四度目？　そうかァ？　そうだったかなァ」

昌幸が不快げな様子で腕を組み、天井を睨んだ。

「植田様もお退屈でしょうから」

「いえいえ、そのようなことはございません。大変勉強になっておりまする」

茂兵衛自身も寿美から「その話はもう伺いました」と嫌な顔をされることが多々あるので、昌幸を笑えない。

(安房守様も大分酩酊されておられる。ちょっと斬り込んでみるか？)

静まった池に、小石を投げ入れるようなものだ。水面に生じた波紋を見て、昌幸の本音に少しでも迫れれば、正信や忠世も喜ぶだろう。

「酔った勢いで伺いまするが……」

「ほう、なんでござるかな？」

「不躾御免……安房守様は、一部から表裏比興之者などと呼ばれておるやに伺っておりまする」

「ハハハ、みたいじゃのう」

昌幸が笑って土器を干し、源三郎が天井を仰いだ。

「やはり嫌なものでございましょうなァ」

「や、むしろ誉め言葉だと思うとる。大国に囲まれた小国の悲哀。正直や誠実だけではやっていけんからな。ただ、表裏とか比興とか言われると、若干仕事がやり難うなった部分はなくもない」

「と、申されますと？」

「それはな……」

昌幸が身を乗り出し、茂兵衛を睨んだ。酔眼朦朧《すいがんもうろう》――白目が濁っている。

「嘘とか、騙しとか、調略とか申すものは、相手が乗ってナンボだからな。お分かりになるか?」

「はあはあ」

実は、よく分からない。

「正直者がつく嘘だからこそ、相手は騙される。表裏比興之者が嘘をついても、端から誰も信じん。誰も引っかかってこん。ま、嘘がつき難うなったということじゃ」

「なるほど」

「茂兵衛殿?」

「はい」

「貴公が腹蔵《ふくぞう》なく表裏比興之者などと際どいことを申されたから、ワシも率直に申すことにする。真田はな……徳川を裏切らん。裏切れん」

「あ、あの……」

さすがに返事ができなかった。生々し過ぎる。池に小石を投げたつもりが、水底の竜神が暴れ出した印象だ。茂兵衛は狼狽《ろうばい》した。

「考えてもみよ。ワシは北条も上杉も一度裏切っとる。天正十年（一五八二）のことは今も忘れん。六月に上杉に臣従し、翌月には北条に寝返ったからなァ。その間、わずか一ヶ月……」

「父上、御神酒《おみき》が過ぎてござる」

源三郎が、慌てて父を止めようとしたが、昌幸は止まらない。

「で、その北条も見限って三河殿に走ったのが九月だから……」

ここで指を折り数えた。

「ひい、ふう……これは三月《みつき》か。我ながら節操がないのう。もうワシには信用がないのじゃ。今さら、上杉には転べん。真田はもう、地獄の底まで徳川につき従うしかないのよ」

そう言うと、深く溜息をつき、遠くを見つめ、酒を呷った。

（酔ってもおられるが、理屈は俺にも分かる。存外、これが本心やも知れん）

と、思った。ふと見れば源三郎が、泣きそうな顔で茂兵衛を見つめていた。

梅雨が終わり、夏蟬《なつぜみ》が鳴き始めても、茂兵衛は上田城通いを続けていた。昌幸が沼田領を北条に引き渡すことはなかった。ただ、正信の読み通り、真田側が茂兵衛を迷惑がることもなかった。

「一体全体、安房めはどう致す気か？」

大久保忠世は茂兵衛に、団栗眼《どんぐりまなこ》を剝いてみせた。

北には秀吉と結ぼうとする上杉がおり、南に徳川が布陣している。その狭間、上田の地にいるのが真田家だ。今は徳川の陣営だが、明日はどうなるか分からない。だからこそ、忠世は昌幸に対し、沼田領引き渡しが未だに実行されていないことを強くは言えないのだ。

それでも、もし徳川を裏切るとなれば、連日のように通う茂兵衛が「微妙な変化」に気づくはずと忠世は期待していた。

茂兵衛は、真田が寝返ることはないだろうと感じてはいたが、確信までは持てず、己が心証を忠世に告げてはいない。

「安房守様は……」

茂兵衛は口ごもった。上田城に通っても、別に仕事らしい仕事はなに一つしていない。忠世から「遊んどるのか！」と叱られたら返す言葉がない。

「はてさて、いつもと変わりはございません。酒を飲んでは、愚痴ばかり零しておられます」

「どんな愚痴だ？」

「口にするのを憚《はばか》られるような、我が殿への愚痴……否、むしろ悪口にございまする」

「ここにはワシとおまんだけじゃ。ゆうてみりん」

と、小声で命じられた。そう言われたからには、言わぬわけにもいくまい。

「安房守様曰く、その……家康公は……吝だとか」

「ああ、ま、そこはワシも認めるわい」

忠世が大きな丸い目を細めて頷いた。

「殿は、信玄公によう似ておられるそうにございまする。ただし、信玄を二回りほども小粒にした程度の人物で、決して、天下を狙ってはならないとか……そもそも、あのように太り過ぎては馬が哀れだとか」

「罵詈雑言《ばりぞうごん》ではねェか！　おまんは、黙ってそれを聞いておるのか？」

忠世が色を作し、扇子の先で茂兵衛を指さした。

「一々目くじらを立てておったら、毎日通えなくなりましょう。向こうは、それを見越した上で、わざわざ殿を名指しして腐しておるのやも知れません。それがしを怒らせたいのでござろうよ」

「ふん、なるほど……安房は狸じゃ」

と、忠世が吐き捨てた。気まずい沈黙が流れた。

「もしやそれ、すべて芝居ではねェのか？　酔っぱらいのたァけを演じて、我らを油断させる手だ」

「もし安房守様が裏切りを考えているのなら、わざわざ殿を腐しましょうか？」

「ま、こちらを油断させる気なら、むしろ誉めような。『家康公は名君、一生ついて参る所存』みたいにのう、ハハハ」

「御意ッ。さらに……」

「さらに？」

さらに団栗眼が大きくなり、わずかに身を乗り出した。

「酒を飲み、強《したた》かに酔っておられるのは芝居ではございません。一、二度、安房守様が厠《かわや》へ立たれた折、酒器の中を調べ申したが、本物の酒にござった」

「それもまた、計略やも知れん」

「計略……ま、なくはございませんな」

疑えばきりがないのだが、忠世も茂兵衛も、表裏比興之者を相手にしているのかと思えば、どうしても疑心暗鬼になってしまう。

「兵を動かす様子は見えぬか？　城に兵糧を運び込んでおるとか？　堀を深くしたとか？　城下の商人が逃げ出したとか？」

「ございません。普段通り、城の内外は静かなものにござる」

これは茂兵衛一人の感想ではない。毎回、上田城へ同道している奉公人たちには城の内外を自由に歩かせている。異変があれば、なにか報告があるはずだ。

「存外、奴に叛心《はんしん》などはねェのかも知れんなァ。ま、当面ということだが」

「確かに、そのようにも見受けられまする」

「ワシらは、ちと心配し過ぎかな？」

「その可能性も、確かに……」

と、頷いたところで声がした。

「も、申し上げまする」

忠世の近習《きんじゅう》が広縁に畏《かしこ》まった。平伏した背中がわずかに震えている。尋常ならざる様子だ。

「どうした？」

「そ、それが……」

浜松の家康の元に、真田昌幸直筆の書状が届いたそうな。昌幸は、この七月十五日、上杉景勝に次男の源二郎信繁《のぶしげ》（幸村）を人質として差し出したという。徳川とは断交すると書状には認められてあった。

「な、なに――ッ」

忠世が褥から跳び上がった。

忠世の頭を越して、家康に直接通告することで、わざわざ現場指揮官の面目を潰してみせるところが如何にも曲者《くせもの》の昌幸らしい。裏切るときでさえ、相手にたっぷりと嫌な思いをさせる――この性質《たち》の悪さ、厭《いや》らしさ、底意地の悪さは真田安房守ならではだ。

「こら茂兵衛、おまん、なにを見ておったのじゃ！」

憎悪を剝き出しにして、上役が茂兵衛を睨みつけた。

「も、申しわけございません」

（お、俺の所為かい？）

と、反感を覚えながらも平伏した。

面目を失った信州惣奉行は、離反を見抜けなかった「百姓上がりの間抜けな阿呆」に当たり散らした。

「おまん、毎日のように通っておったのではねェか？　どうしてこれほどの一大事に気づかない？　狸の昌幸は仕方ねェとしても、倅《せがれ》二人はボンクラなのであろう？　素振りも見せなかったはずはねェ。おまんが酔っ払って見抜けなかっただけだがね」

「力及ばず。申しわけございません」

「使えん奴だがや！」

「恥じ入っておりまする」

また平伏した。ただ、内心では——

(知るか！　俺のような真人間が、あんな大嘘つきの大悪党に太刀打ちできるかいな。あんたの人選が悪いんだよォ。人選がよォ)

——と、毒づいていた。

# 第四章　上田攻め

## 一

真田の寝返りを受け、天正《てんしょう》十三年（一五八五）閏《うるう》八月、遂に甲斐《かい》信濃《しなの》の徳川勢は真田の討伐に乗り出した。所謂《いわゆる》「第一次上田《うえだ》合戦」の勃発《ぼっぱつ》である。

ただ、家康自身は浜松城《はままつじょう》を動いていない。勿論、大坂《おおさか》方が三河《みかわ》へ攻め込んできた場合への備えというのが建前だが――

実はこの時期、秀吉は十万の兵を自ら率い、越中《えっちゅう》は富山城《とやまじょう》の佐々成政を攻めていた。所謂「富山の役」である。形式上の総大将に、佐々の主筋である織田信雄を据えることで「秀吉は織田家の簒奪者《さんだつしゃ》」との佐々の大義名分を巧妙に奪った。万全の態勢である。

ただ、秀吉の体は一つきりだ。つまり事実上、秀吉が家康の留守を狙って三河に攻め込む心配など、まったくなかったのである。家康が真田征伐の指揮を執《と》らなかった理由は、健康面にあった。四月に拗《こじ》らせた背中の腫物《はれもの》のせいで、未だに不調をかこっていたのだ。

作左との一件があって以降、家康は金瘡医《きんそうい》にかかっていたし、その勧めで薬効のある温泉水を城に運ばせ、湯治もしていた。お陰でだいぶ回復したのだが、全快とまではいかない。浜松から上田まで、六十五里（約二百六十キロ）の長旅には耐えられない。

「ま、無理をすれば、行けねェこともねェがなァ」

と、例によって脇息《きょうそく》を抱きながら家康は呟《つぶや》いたが、正信は止めた。

「お止めなされ。まだお顔に病の疲れが残っておられまする」

「やつれたか？」

「多少は」

今回の真田征伐には、信州《しんしゅう》の国衆《くにしゅう》たちも動員する。彼らからすれば、真田は旧武田家の同僚だ。家康の手前、仕方なく兵は出すが、あまり乗り気ではないはずだ。さらに、今は「大坂という選択肢」もある。ここで家康が、病後の疲れた顔で指揮を執れば、徳川を見限る動機づけにもなりかねない。

「そら、いかんわ……では誰に指揮を執らせる？　平八郎か小平太（榊原康政）でも行かせるか？」

「浜松から総大将を遣わしては、甲斐信濃の奉行衆の面子《めんつ》を潰しましょう」

確かに、現場はむくれそうだ。

「少し面子を潰すぐらいが、丁度ええのではねェか？」

家康は声を潜め、正信に囁《ささや》き、ニヤリと笑った。

「あいつらが心得違いを起こし、甲斐や信濃で大名気取りにならぬかと不安でならんのよ」

「謀反《むほん》を案じておられるので？」

「ま、そこまではねェが……」

と、家康は顔を上げ、書院の広縁越し、庭に咲いた彼岸花の橙《だいだい》色を愛《め》でた。

「あまり調子に乗られると、扱いが難しゅうなる」

「御心配は分かりまするが……ま、平岩殿と鳥居殿は大丈夫。間違いはございませんでしょう」

「大久保は？」

「ハハハ」

正信が小さく笑って誤魔化した。忠世は心配無用とまではいかないようだ。

正信にとって忠世は恩人である。ただ、調子に乗る軽躁《けいそう》の人柄であることもまた事実なのだ。

「信州のことではあるが……ま、総大将には彦右衛門尉《ひこえもんのじよう》（鳥居元忠）を据えるしかあるまいな？」

「よい御思慮にございまする」

結局、信濃を統括する忠世ではなく、駿府《すんぷ》人質時代以来の忠臣である鳥居を、真田征伐軍の主将に据えることになった。

鳥居は、三年前の天正壬午《じんご》の乱《らん》の折、黒駒《くろこま》の地で、一万余の北条軍をわずか二千の手勢で撃退した極めつけの戦《いくさ》上手だ。現在は、甲斐東部都留《つる》郡の奉行を務めている。

彼の麾下《きか》に、信州惣奉行である大久保忠世、甲府《こうふ》の奉行を務める平岩親吉を配し、さらに信州国衆の千名を加えた総勢七千の軍勢をもって、上田城を攻めさせることにした。

「若干、手薄かのう？」

鳥居は、千、二千の手勢を指揮させる分には信頼がおける。名人級だ。しかし、今回は七千余の大軍を率いることになる。一方、平岩は、短刀を懐に刺客として敵地に送り込まれてこそ、実力を発揮する男だ。大久保は、籠城戦での粘り強さが真骨頂である。創意工夫を求められる攻城戦では物足りない。

「もし御心配であれば、万千代殿（井伊直政）に、兵三千をつけて後詰めに送られては如何《いかが》？」

「なるほど。後詰めということなら、鳥居らの面子も立とうな」

「御意ッ」

直政が率いるのは旧武田家の猛者《もさ》軍団だ。その強さは、昨年の小牧長久手戦《こまきながくてのいくさ》でも実証済みである。

「合計で一万か……安房守《あわのかみ》は二千足らず。ま、行けそうだな」

同時に北条方と示し合わせ、真田昌幸の叔父にあたる矢沢頼綱《やざわよりつな》が籠る上野国《こうずけのくに》沼田城《ぬまたじょう》を、北条氏直の叔父である氏邦《うじくに》が囲む手筈となっていた。飛び地である上田と沼田を同時に攻めることで、昌幸に二正面戦を強《し》いる策である。徳川方にぬかりはなかった。

小諸城《こもろじよう》の大広間《たまり》では、忠世を中心に軍議が催された。茂兵衛、彦左、善四郎も顔を連ねている。

「おかしな話よ」

本日の忠世は、機嫌が悪い。

「そもそも信濃は、ワシが仕切っておる。上田城攻めの指揮を執るなら、ワシしかおるまい。ところが総大将は彦右衛門尉（鳥居）殿であるそうな。鳥居殿は甲斐の都留郡の奉行だら」

「兄者、敵は真田ですがや。鳥居や平岩ではねェ」

彦左が実兄を諫《いさ》めた。

忠世は天文《てんもん》元年（一五三二）の生まれで今年五十四歳だ。彦左は、永禄《えいろく》三年（一五六〇）の生まれで今年二十六歳になる。親子ほども歳が離れているが、父の忠員《ただかず》が「老いて増々盛ん」だったせいだ。彦左が生まれたとき、忠員は五十歳だった。そのことを話題にすると、彦左は激怒する。

「たァけ。そんなこたァ分かっとるわ」

忠世が、年の離れた弟を睨みつけた。

「問題はな、信濃の国衆どもが、これをどう見るかということだわ」

日頃は、信州惣奉行なぞと威張っていても、徳川内部での序列は「その程度のものか」と軽く見られることを忠世は恐れているようだ。

「たとえ真田は一蹴しても、後々の信濃経営に支障をきたすわ」

（おいおいおい、大丈夫かァ。真田はそうそう甘くはねェぞ）

戦う前から、戦って勝った後の心配をしている忠世に、茂兵衛は若干の不安を覚えた。

真田勢は、昌幸自身が籠る本拠地の上田城、嫡子《ちゃくし》源三郎が守る戸石城《といしじょう》などに、合計で二千弱の兵を入れている。次男源二郎を人質に送ってまで寝返った上杉軍の来援を待つが、越後《えちご》国内は政治的にも軍事的にも乱れており、他国に大軍を送る余力などはなかろう。後ろ楯になってくれそうな秀吉は、越中富山に遠征中——形勢が徳川に有利なのは間違いない。

ただ、七千と二千では、決定的な力の差があるとは言い切れない。地の利のこともある。さらに徳川方には、家康も平八郎もおらず、三人の指揮官の協力態勢や連携にも不安が残った。

（大丈夫かなァ）

茂兵衛の表情は冴えない。

（そもそも、三河衆と真田では相性が悪いがや）

真田——特に、昌幸のような曲者《くせもの》と徳川は、戦っても相性が悪いように茂兵衛は思う。最近は少々、腹黒くなってきたとはいえ、意外に戦の指揮は王道と言うか、真っ当と言おうか、案外正攻法であった。奇手、奇策などはあまり好まない。まだ三河半国を領したに過ぎない小勢力の頃から、堂々と正面からの戦いを好んだ。

二倍の朝倉《あさくら》勢に突っ込んだ姉川《あねがわ》然《しか》り。三倍の武田勢に突っ込んだ三方《みかた》ヶ原《はら》然り である。長篠《ながしの》でこそ、鳶《とび》ヶ巣《す》への「中入り」は奇策と言えなくもないが、あれは酒井忠次と信長が主導した奇襲戦であった。家康は傍らで瞑目し、頷いていただけだと聞く。

で、それらの真っ正直な正攻法が、剽悍《ひょうかん》で、ガムシャラで、怖いもの知らずの三河衆の戦い振りとよく適合した。今回は家康が指揮を執るわけではないが、家康好みの武将が、家康好みの兵を率いて臨む戦である。大体、似たような戦い方になるのではあるまいか。

一方の昌幸は、家康の正反対だ。開戦前の調略や暗殺が真骨頂だが、いざ戦いが始まれば、外連味《けれんみ》たっぷりの指揮を執って敵を翻弄する。悪しざまに言わせて貫えば詐欺漢だ。一般に、正直者と詐欺漢が戦えば——最終的な勝利の趨勢《すうせい》は知らないが、少なくとも緒戦においては、前者が苦戦するのは当たり前なのだ。圧倒的な戦力差があれば兎も角、今回は七千人対二千人である。しかも野戦《のいくさ》ではない。二千人は幾つかの堅城に籠って戦うのだ。

総じて状況を眺めれば、決して徳川方の「楽勝」ということはない。然るに、この軍議を始め、徳川全体に漂う「勝って当たり前の空気」はなんだろう。やはり天正壬午の乱や小牧長久手戦で、数倍の敵と互角以上に渡り合った事実が「驕《おご》り」を生んでいるとしか思えなかった。おそらくは、平八郎らの浜松城内の驕りと軌を一にしている。

「茂兵衛、おまんにはこの四月以来、足繁く上田城に通ってもらった。もう自分の庭のようなものであろう？」

「いや、ま、その……」

茂兵衛は照れて月代《さかやき》の辺りを掻いた。自分なりに、上田城のことは詳しく調べたし、それなりに自信もあったが「庭のようなもの」と上役から問われ「はい」と返す面の皮の厚さは茂兵衛にはなかった。

「あの小城、どう攻めれば半日で落とせる？」

「は、半日？　ああ、左様にございまするなァ……それがし、毎度毎度酒を飲まされて強《したた》かに酔うておりましたからなァ」

一同から笑いが起こった。

「どうすれば落とせる？　半日で」

忠世は一切笑うことなく、団栗眼《どんぐりまなこ》で茂兵衛を睨みつけてきた。誤魔化しは許されないようだ。

そもそも、上田城築城の資金は徳川側が負担したのだ。おおよその縄張りは、忠世も了解していたが、真田はその後、自費で改修を施している。忠世が、茂兵衛に意見を求める所以《ゆえん》である。ただ、その茂兵衛も、徳川と真田が手切れをした夏以来、上田城を訪れていない。それから二月《ふたつき》近くたつ。

「小城にはござるが、なかなかの堅城やも知れませぬ」

「ほう」

「川の流れを巧みに利用しており、攻め得るのは東側からの一択のみ」

背後に控えた辰蔵と花井に頷くと、二人は上田城の絵地図を物頭《ものがしら》たちに配り始めた。この図も、茂兵衛が知っている「この夏までの上田城」に過ぎない。

「東には攻城側の進路を挟むように侍屋敷が点在しており、それぞれが出曲輪《でぐるわ》として使われましょう」

「ふ〜ん」

忠世の表情が曇り「辛気臭いことをいう奴だ」とでも言いたげに、露骨に顔を背《そむ》けられた。

ちなみに、出曲輪とは城の外に設けられた陣地、防衛拠点を指す。それぞれが小規模な出城の役目を担っており、本城と呼応して寄せ手を挟撃したり、横矢を射掛けたり、兵力を分散させるのが目的だ。

「弱点は何処だ？　上田城の攻めどころを述べよ」

苛々と忠世が急《せ》かした。

「はあ」

茂兵衛の経験上、味方の弱点、敵の利点を聞きたがらない大将は愚将だ。忠世とは天正三年（一五七五）、二俣城《ふたまたじょう》を取り戻して以来の付き合いだが、以前はこんな風ではなかった。老いたということか？　それとも信州惣奉行の肩書が彼を変えたのか？　茂兵衛には判断がつかなかった。

「三点ほどございます」

茂兵衛は、馬出《うまだし》がないこと、外堀を渡る橋がいずれも土橋であること、そもそも城域が狭いことの三点を、上田城の弱点として言上《ごんじょう》した。

「武田自慢の丸馬出であろうよ。何故ないのか？」

「安房守は、上田城は援軍を待つための城ゆえ、城内から打って出ることは想定していない、というようなことを申しておりました」

無論、そのとき昌幸が口にした援軍とは、徳川勢を指していたはずだ。今なら、上杉勢か大坂勢であろう。

「城へ討ち入る虎口《こぐち》は三ヶ所、いずれも土橋ということじゃが？」

「御意ッ」

土橋は文字通り土の橋である。堀を穿《うが》つとき、その部分だけを削り残して橋となす。石垣の石や丸太など、重い物を城内に搬入するため、せめて一ヶ所は土橋にしておくのが心得だ。ただ、籠城戦を決意した場合、木製の橋だと、簡単に壊して落とせるが、土橋だとそうはいかない。上田城の場合、三ヶ所にかかる橋が全て土橋なのだ。徳川勢は安心して三方から攻めることができよう。また、小規模な城は少人数で守るのには適しているが、長期の籠城戦には耐えられない。

「堀は深いか？」

「多くの場所を測ったわけではござらぬが……梅雨《つゆ》時には一丈（約三メートル）

を超え、夏の渇水期にも一間（約一・八メートル）近くはございました」

「乱杭《らんぐい》は？」

「夏場は水面から先端がわずかに見えておりました。それはもう、びっしりと」

「壁は、石垣ではねェな」

「すべて土塁にございまする。よく手入れされており、雑草まで丁寧に抜いてあり申す」

つるつるの土の急斜面、手掛かりなしでは上れるものではない。

「水堀が渡れぬのなら、三ヶ所の城門を破り、まずは二の丸まで突入するのが定石《じょうせき》にござろう」

善四郎が言った。

「ただ、本丸まで水堀に囲まれとるのう」

彦左が辟易《へきえき》した様子で零した。

「さらに本丸には、櫓《やぐら》が七基ござる」

茂兵衛の言葉に、幾人かが絵地図に描き込まれた櫓の数を数え始めた。

「天守もねェくせに、櫓だけは欲張ったなァ」

「東西の城門を門番のように守る、二基の櫓が曲者にござるのう」

「なに、策は講じてあるわ」

忠世が話に割って入った。

「平岩隊が、三十匁筒《もんめづつ》を十挺ほど持ち込むそうな」

三十匁筒——約百十三グラムの鉛弾を撃ち出す巨大な鉄砲だ。その貫通力で城門を破壊するのに用いる。

「三十匁筒は、強力でござるが」

茂兵衛が注意を喚起した。

「それでも、二つの櫓から撃ってこられては身の隠し場がございません」

「確かに、死角がねェのう」

「せめて竹束を大量に用意すべきかと」

「竹束な……相分かった」

忠世が頷いた。

竹束は文字通り竹を束にした防弾用具である。その陰に身を隠し、敵弾を避けつつ城門に肉迫するのだ。

「存外、やれそうではねェか」

忠世が、一応の目途《めど》が付いたことを喜び、この軍議で初めて笑顔を見せた。団栗眼が扁平となり、筋のようになった。

二

閏八月一日、大久保忠世は小諸城を発《た》ち、手勢の二千に信濃国衆からなる千名を加えた都合三千名で北国街道《ほっこくかいどう》を北西へと進んだ。

千曲川《ちくまがわ》に沿って進軍し、昼前には南方から流れてくる依田川《よだがわ》との出合い付近に陣を張った。この地で、蓼科《たてしな》を越えて甲斐からやってくる鳥居元忠、平岩親吉の軍勢四千と落ち合うことになっている。

天正十三年（一五八五）閏八月一日は、新暦に直せば九月二十四日だ。依田川も千曲川も、秋雨の影響で水量が多い。

「上田城は、北と西と南の三方で、水堀として川の流れを引き込んでおります。この増水では、やはり東側からしか攻め手はねェでしょうな」

軍議の席上、茂兵衛が分析した。

甲斐勢を待つ間、忠世は周囲に物見《ものみ》や芝見《しばみ》を放ち、物頭たちを集めて軍議を催した。

「半里（約二キロ）西には、北から南に神川《かんがわ》が流れてござる」

茂兵衛は続けた。

「日頃はとるに足らない小川にござるが、長雨《ながさめ》の影響でこれも増水しており、十分に水堀たり得まする」

真田方は神川の西岸に即席で柵を設け、土塁を掻き上げ、防衛線を敷いていると物見が報告したのだ。川を前に置いて陣地を築く——心得の通りだ。ただ兵の数は、精々が二百程度とか。

「反対から申せば……」

主将である忠世が、茂兵衛の言葉を遮《さえぎ》った。

「その神川の陣地さえ抜けば、上田城の大手門までさしたる障害もなく行けるということか？」

「確かに。神川の向こう側は、上田城までダラダラとした下り坂が続き申す」

茂兵衛にはこの数ヶ月、通い慣れた道だ。

「一気に駆け下って、城門を蹴り破ってくれるわ」

「ただ、城門の前には延々と田圃《たんぼ》が広がっとります。この場所、元々は湿地にございました。湿地を干拓して作った田圃は、泥濘《でいねい》が深いものでござれば……」

「さすがは百姓大将、お詳しい」

誰かが茂兵衛の出自をからかい、一同は笑った。笑いが収まるのを待ち、茂兵衛は真面目な顔で話を続けた。

「大層ぬかるむので、大軍が平押しで進むというわけにも参りますまい。どうしても畔《あぜ》や細い道を辿ることになりましょうから、数の利を活かし難《にく》いかと思われます。さらに……」

「まだあるのかい」

忠世が、鬱陶《うっとう》しそうに呻《うめ》いた。周囲の林では、寒蟬《ひぐらし》たちが往く夏を惜しみ、最後の声を振り絞っている。

「神川の北方一里強（約五キロ）の地点に、戸石城がござる。城番は安房守の嫡男真田源三郎信之《のぶゆき》……城兵はざっと七、八百にござる。これが南下してきて、我らが横腹に食いつかれると、いささか厄介にござる」

「おまんの話を聞いとると、戦う前から負けた気分になるがね」

忠世が顔の前で手を振りながら嘆息すると、また笑いが起こった。

「も、申しわけございませぬ」

赤面しながら、茂兵衛は床几《しょうぎ》に腰を下ろした。

上役である忠世の自分への評価は、現在、地に落ちている。これは間違いない。毎日のように上田城に通っていながら、結局、寝返りの兆候を摑めなかったのは事実だ。茂兵衛としても、自分の力不足を認めざるを得ない。

本多正信は、茂兵衛が隠密に向かないことをよく認識していた。上田城行きを命じたのは「駄目もと」のような軽い気持ちだったかと思われる。しかし、忠世はそうとは考えなかった。「なにがなんでも兆候を摑んで参れ」と役目の重さを格上げしてしまったのだ。結果、駆け引き下手な茂兵衛はまんまと昌幸の術中にはまり、油断させられ、忠世は恥をかかされた。かくて今こうして、ジワジワと上役からの虐《いじ》めを受けている。

（ま、しゃあないわな。ここは辛抱だがね）

諦めて、しばらくは黙って座っていることにした。どんな台風も下を向いて耐えていれば、やがて頭の上を通り過ぎていくものだ。

（あ、この言葉は、おっ母《かあ》が口癖みてェに言ってたなァ）

現在母は、植田村で静かな余生を送っている。孫の顔を見に、幾度か浜松を訪れたそうだが、留守勝ちな茂兵衛は会えていない。最後に会ったのは、三方ヶ原で負けて、信玄が死んで、茂兵衛が馬乗りの身分になった頃だから——十二年も前のことになる。

午後には鳥居と平岩が率いる四千が合流し、攻城側は七千名に膨れ上がった。早速、主将の鳥居元忠を中心に全体軍議が催された。

甲州《こうしゅう》勢は二十五里（約百キロ）を歩いてきた。今夜は休んで疲れを癒し、明朝未明を以《もっ》て神川に進軍するのが常道と思われたが、鳥居はこの「なにもない河原」に七千人が野営することを嫌った。今夜は朔日《さくじつ》、つまり新月である。闇の中で、地の利がある敵が夜襲を仕掛けてくるやも知れない。鳥居はそこを恐れた。

総大将が慎重なのは有難い。

「神川の敵陣は、如何《いか》ほどの人数が籠っておるのか？」

「せいぜい二百前後だがね」

鳥居が質《ただ》し、忠世が答えた。

「まだ陽も高《たけ》ェことだし、これからすぐに神川まで押し出す。一気に渡河し、さらに四半里（約一キロ）西に進めば信濃国分寺《こくぶんじ》がある。そこに駐屯するのはどうだら？」

「おう。長旅を終えたばかりのおまんらがその気なら、ワシらは一向に構わんがね」

「七之助《しちのすけ》（平岩親吉）はどうだ？」

「腕が鳴るのう。委細承知だわ」

「よし……ならば、善は急げじゃ」

鳥居が床几を蹴って立ち上がった。

戦国期の寺院の多くは塀が高く、堀など穿ち、簡易な城郭ほどの機能を持っていた。さらに信濃国分寺は、遠く上田城を見下ろす高台にある。駐屯するには持ってこいの立地と言えた。

行軍を開始し、半里（約二キロ）西へ進んで神川の川岸に出た。用心深く接近したが、川向こうの柵からは、一発の銃声も発せられない。

（なんだ？　どうした？　敵はおらんのか？）

茂兵衛は、銃弾除けの竹束の陰から恐る恐る首を伸ばした。

真田の陣地はもぬけの殻——敵兵は陣地を捨て、逃げ去ったらしい。理由は明らかで、神川の水位だ。思いのほか水量が少なく、あちこちで川底が露出している。これなら人も馬も普通に歩いて渡れる。季節柄、豊かな水量を前提に構築した陣地であったろうに、あてが外れたらしい。七千人が一気に渡河してきたら、数百人では支えきれない。無駄死《し》にを嫌って逃げたようだ。

ならば、とっとと渡るに如かずだ。

「鉄砲を落とすなよ！　胴乱《どうらん》の紐《ひも》はちゃんと結べ！」

「転ぶなよ！　石に生えた苔が滑るぞ。ゆっくり渡れ！」

鉄砲と火薬に、水は大敵である。鉄砲隊の渡河には、細心の注意を払わねばならない。ここは寄騎や小頭《こがしら》たちの腕の見せ所だ。辰蔵の指示で、濡れても大過ない槍足軽たちが渡河地点の上流に立ち、流れを緩め、鉄砲足軽たちの歩行を助けている。ちなみに、胴乱とは火縄銃用の早合《はやごう》や火薬を入れておく革製の小箱を指す。

見れば先頭を切って向こう岸に渡った赤羽仙蔵の組が鉄砲の放列を敷き、辺りを警戒している。鉄砲隊が最も無力な渡河中を狙い、敵襲があるやも知れないので、それに備えているのだ。これも立派な心得だ。

(小栗の後釜ァ、正解だったようだな……ええ気働きだがや)

雷《いかずち》の鞍上《あんじょう》で、配下たちの働きぶりを眺めていた茂兵衛は、仙蔵を小頭に起用した己が眼力に満足し、内心でほくそ笑んだ。

——そのとき、ふと違和感を覚えた。

「なァ、左馬之助よォ」

背後の筆頭寄騎に声をかけた。

「はッ」

「千曲川は勿論、依田川も相当水量は多かった。なぜこの神川だけ干上がっとるんだ？」

それに、昨日の物見では、もう少し水位は高かったはずだ。

「さあね。雨も降るところと降らないところがござる。上流の地形が作用しておるのやも知れませんし、そもそもここは、随分と高台だから、その関係もありそうです」

事実、神川が流れている場所より、上田城が立つ土地は随分と低い。

「ま、そうだわな」

あまり深くは考えずに、さらに四半里（約一キロ）先の信濃国分寺を目指して進軍を始めた。

神川から国分寺までの間は、敵と遭遇することもなく、その夜は寺とその周辺で安全な野営となった。ただ、二十八町（約三キロ）西には上田城がある。もうここは敵地なのだ。夜討ち、朝駆けを警戒せねばならない。寺の周囲を槍足軽の一隊が巡回し、各鉄砲隊は、常に数挺の鉄砲に弾を込め、火縄の火を消さないようにして夜明けを待った。

翌朝、閏八月二日は快晴——蟬《せみ》が鳴き始める前から、銃声と「敵襲！」の声に起こされた。

総大将の鳥居が「将も兵も、具足《ぐそく》を脱がずに寝ろ」と命じていたので、応戦は早かった。二百人ほどの奇襲隊は、徳川勢の素早い反撃を受けると、ほとんど戦わずに逃げだしたのだ。

「腰抜けどもが、なんのための奇襲だら？　神川の陣地放棄を見ても、真田勢の士気は余程低いわ」

ここまで慎重な態度を示してきた鳥居元忠も、さすがに表情を緩めた。

「ここから上田城までは二十八町（約三キロ）、道はダラダラと下っとる。いっそこのまま突っ込むか？」

「同意じゃ。朝飯は上田城の本丸で喰おうで」

鳥居と忠世、平岩の三指揮官の意見は一致した。

「おい、茂兵衛」

鳥居、平岩と別れ、己が隊へ歩いて戻りながら、忠世が茂兵衛に声をかけた。

「上田城の東は一面の田圃だとゆうとったな……上田界隈《かいわい》で米の収穫時期は、いつ頃だら？」

「閏八月の十日（新暦の十月三日）前後かと」

「となると、現在稲穂は十分に頭《こうべ》を垂れとるはずだなァ。おまん、城の周囲の田圃に火を放てや」

「え……」

茂兵衛は身を硬くした。侵入した攻め手が、収穫前の田圃を焼けば、敵側は兵糧の確保ができなくなり、年貢という形での収入の道は断たれる。田圃を焼くのは、古来、敵の力を削ぐ有効な手立ての一つだ。そこは分かるが、農民の出で、被害を受けた農家の怒りと悲しみを知る茂兵衛には、嫌悪感だらけの蛮行にしか見えなかった。

（それを俺がやるのかい？　勘弁してくれよォ）

「安房守めが怒り狂い、討って出てくればしめたもの。正味な話、半日で勝負がつくわ」

と、忠世はやる気満々で、本当に火を放つこととなりそうだ。ただ現在の茂兵衛の立場では「百姓が可哀そうだから止めましょう」とは言えない。少し悪知恵を絞った。

「七郎右衛門様……」

茂兵衛は忠世に近づき、耳元に囁いた。

「どうせこの戦は、早々に片づきましょう」

「どうした？ おまん、軍議の席では大層悲観的だったではねェか」

「そら、軍議では最悪を想定し、物申したということですら」

「ほうかい。ま、それが武人の心得というもんだがや」

忠世が、心の籠らない声で淡々と返した。茂兵衛は構わず続けた。

「先の先ではございまするが、真田領を徳川が治めるときのことを考えて下され。田圃を焼くと、徳川に、引いては信州惣奉行たる七郎右衛門様に上田の領民の怨嗟《えんさ》の声が集中しましょう」

「おまん、百姓どもがワシを恨むと申すか？」

忠世が足を止め、茂兵衛に向き直った。

「御意ッ。これが一か八かの戦なら、背に腹は替えられない。家でも田圃でも焼きましょうが、今回はそこまでの戦ではねェです」

「まあな。おそらくは、鎧袖一触《がいしゅういっしょく》となろうよ」

「田圃に火を放つ策は、御一考あって然るべきかと」

「ほうかい。ま、いずれは自分たちで治める土地だら。あんまり踏み荒らしたくねェわなァ」

「御意ッ」

「分かった。田圃を焼くのは止めておこう」

「はッ」

茂兵衛、ホッと胸を撫《な》で下ろした。

だが、元三河国は渥美《あつみ》の百姓である茂兵衛はよく知っていた。田圃を焼かれた農民の怨嗟の矛先は、なぜか火を放った敵側には向かわない。

「うちの殿様は、俺らを守ってもくれねェ」と、敵の凶行を許した不甲斐ない領主に向かうものなのだ。今回の場合、怒りの矛先は昌幸に向かい、忠世にはあまり向かわない。ただ、そのことに気づくと、忠世は安心して田圃を焼くだろうから、ここは敢えて、嘘八百を並べた次第である。ま、嘘も方便だ。

（確かに、純粋に城攻めの心得だけで考えれば、ここは田圃を焼くべきところだろうさ）

昨年茂兵衛は、我が身の安全を優先して秀吉を殺さなかった。今回は、上田の農民に同情して田圃を燃やさせなかった。どちらも、徳川の利益を損なっているのは間違いない。

(俺ァ、正真正銘、不忠の臣だら)

家康の疲れた顔を思い出し、心中で叩頭した。


確かに道は歩きやすかった。二十八町(約三キロ)進んで二十丈(約六十メートル)下る程度だから勾配《こうばい》はなだらかで、坂道を下っているという印象はない。見晴らしもいいから伏兵の心配もなく、徳川勢は上田城へと難なく接近した。

(えらく順調だわ)

茂兵衛は、戦機を嗅ぎつけてはやる雷の手綱を引いて宥《なだ》めながら、心中で愚痴《ぐち》をこぼした。

(安房守様はやる気がねェのかなァ。軍議で、なんのかんのと不安材料を並べてた俺が、まるで臆病者みてェだわ)

最前、忠世から「大層悲観的」と揶揄《やゆ》されたばかりだ。

「ね、お頭《かしら》?」

辰蔵が馬を寄せてきて囁いた。

「城の手前に見えるのは城下町でしょ？」

「ほうだら」

「城を落とした後の民生のこともある。足軽どもに乱暴狼藉はしねェよう釘を刺しておいた方がよかねェですかい？」

「なんだと！」

思わず義弟の顔を覗き込んだ。これは「嘘も方便」の類ではない。賢い辰蔵までが、戦を始める前から戦の後の心配をしている。今は戦に勝つ心配をするべきで、やはり徳川全体に、油断が蔓延《まんえん》しているようだ。

「な、なんだよォ？」

義兄が面頬《めんぼお》の奥から、怖い目をして睨んできたので、辰蔵は少し狼狽《ろうばい》した。

「こら辰、まだ戦は始まってねェがや」

「そらそうだけど、始まってからでは遅いだろうが。一端暴走し始めたら、足軽どもに抑えは利かんぞ」

確かに、その通りである。

「ま、ええわ。小頭を通じて徹底させろ。物盗り、人取り、見つけ次第軍法に照らして必ず罰すると言ってやれ。あ、行軍しながらでええぞ」

「委細承知」

辰蔵は、馬首を巡らせて駆け去った。

茂兵衛は、深く嘆息を漏らした。

三

「長柄《ながえ》隊、槍隊は先頭に立て。前に出よ」

いよいよ上田城大手門が迫ると、鳥居は槍武者たちを部隊の前面に押し出させた。攻城戦となれば、主役はあくまでも槍武者である。弓隊や鉄砲隊も重要だが、所詮は援護射撃に過ぎない。騎馬隊の出番もほとんどない。騎馬武者は馬を下り、徒士《かち》の槍武者となって城壁に挑むのが定石だ。

彦左の長柄隊が、茂兵衛の鉄砲隊を小走りに追い抜いていく。

「彦左、頼んだぞ」

茂兵衛が、元下僚に声をかけた。

「拙者の組が行けば、もう鉄砲隊の出番はありませんぜ、ハハハ」

面頬の奥で彦左が笑い、手を振った。

「無理すんなよ」

と、手を振り返したところに、花井が馬を寄せてきた。

「お頭《かしら》、宜しくお願い致しまする」

「おう、しっかりやれや」

戦の最中、花井の居場所は「お頭のすぐ後ろ」と前もって決めてある。花井は阿呆なので、他の寄騎や小頭たちの邪魔にならぬよう、自分の目がよく届く範囲においておきたかった。花井には「おまんには、大事な伝令役を頼みたいから」と伝えてあるが、実際には頼まない——頼めない。花井を伝令などに出したら最後、四半刻（約三十分）後に、目的を遂げられないまま、半泣き状態で戻ってくるのがオチだ。

（ま、平八郎様からの預かり物だ。俺が面倒みるしかねェわな）

城下町を粛々《しゆくしゆく》と進んだ。二百軒ほどの民家が立ち並んでいるが、人影はまったく見えない。

（戦が始まるんだ。大方、町の衆は逃げ出したんだろうよ）

茂兵衛は後方を振り返り、味方の隊列を眺めた。国分寺からここまで、二十八町（約三キロ）をダラダラと駆け下ってきた。人により、部隊により脚力は違う。どうしても七千の軍勢は、縦に細長く伸び切っていた。

(随分と間延びしとるが、鳥居様はこのまま突っ込ませる気かな?)

古来軍隊というものは、稠密《ちゅうみつ》の状態でこそ威力を発揮する。分散、間延びは、厳に慎むべきが心得だ。

前方に、堀と塀を巡らせた広大な侍屋敷が見えてきた。出曲輪として使われると厄介な家屋だ。

「辰、槍足軽を一組連れて、あの侍屋敷をざっと探ってみりん」

「承知」

辰蔵が十名の槍足軽を率い、機敏に駆け出して行った。

もし、鉄砲隊が潜んでいたり、大勢の伏兵が籠っているようなら、まずは出曲輪から潰すのが心得だ。それを怠ると、城を囲んだところで背後を突かれ、泡を食う破目になる。

「人の気配はあるが……」

辰蔵が戻ってきて復命した。

「馬の声も、火縄の香もしねェ」

「ほうかい、ま、ええだろう」

幾許《いくばく》かの不安は残ったが、怖いのは馬と鉄砲だ。それがないなら、進軍を止めてまで潰すべき陣地ではあるまい。百人かそこらの伏兵は、押し包んで殲滅《せんめつ》するだけだ。このまま進むことにした。

彼方《かなた》に、通い慣れた上田城大手門が見えてきた。城門上の櫓に人影は——やはり、見えない。

周囲では寒蟬が長閑《のどか》に鳴き交わしている。平和な晩夏の朝だ。

（なんだ？　ここも空家《あきや》か？）

と、気が抜けたその刹那——寒蟬がピタリと鳴き止んだ。一瞬の静寂だ。

「ん？」

ダンダンダン、ダンダンダン。

唐突に、城内から鉄砲の斉射がきた。どこから人が湧いたか、無人と思えた櫓からも盛んに撃ってくる。幾人かの寄せ手の兜《かぶと》武者が、悲鳴をあげて鞍《くら》から転がり落ちた。

「馬を下りろ！　鉄砲の的になるぞ！」

そう叫んで、自分も雷の鞍から飛び下りた。阿呆の花井も下りた。彼の当世《とうせい》具足は派手な色々威《いろいろおどし》でよく目立つ。戦場では格好の的になる。

「長柄隊、突っ込めェ！」

彦左の怒声が響くと、槍武者たちが鬨《とき》を作り、城門に殺到した。

「鉄砲隊、二列横隊！　茂兵衛隊、二列横隊！」

日頃の訓練が物をいい、三呼吸（約十秒）するうちに二列横隊は整った。

「左馬之助、城門の櫓を狙え。敵の鉄砲を封じ込めろ！　真田の射手に顔を上げさせるな！」

「承知！」

戦場において、三人いる寄騎の役目も決まっている。五組ある鉄砲隊は筆頭寄騎の左馬之助が指揮を執り、四組ある護衛の槍隊は二番寄騎の辰蔵が率いる。三番寄騎である花井の最も重要な役目は——邪魔にならないことだ。

ドーン。ドーン。

平岩親吉麾下の鉄砲隊が持ち込んだ三十匁（約百十三グラム）筒が次々と咆哮《ほうこう》し、門扉《もんぴ》の鎹《かすがい》や閂《かんぬき》を撃ち砕いた。この鉄砲、口径が一寸（約三センチ）弱もあり、現代の区分をあてはめれば「銃」ではなく「砲」である。銃口から噴き出す火炎と煙の量が物凄い。記録には三十匁筒の一弾が「三騎を殺した」とか「八騎を薙《な》ぎ倒した」というものまである。日本の武士たちは、この大口径の鉄砲を

「手で抱え、そのまま撃つ」という暴挙を、離れ業《わざ》を、涼しい顔で普通にやってのけていた。

ダンダン。ダンダンダン。ダンダン。

今度は、茂兵衛鉄砲隊の出番だ。五十挺の斉射が、櫓上の敵鉄砲隊を完全に沈黙させた。

茂兵衛隊の鉄砲は、六匁筒が多い。通常の鉄砲が二匁半（約九グラム）程度であったところを、六匁（約二十三グラム）の鉛弾を撃ち出す強力な銃器である。分厚く堅牢な南蛮胴や防御用の竹束をも撃ち抜く威力を持つが、その分反動も大きく、狙いが定まらない。しかし、茂兵衛隊の足軽たちはよくそれを使いこなした。足軽といっても全員が徳川の直臣《じきしん》であり、最下層ではあるが、彼らは一応武士なのだ。鉄砲に関しては腕自慢揃いで「百姓上がりの茂兵衛は苦手だが、奴の鉄砲隊は頼りになる」と、三河の侍衆も渋々認めてくれている。

ただ、火縄銃は先込式の単発銃だから、次弾の装塡に手間がかかるのが弱点だ。徳川家の鉄砲隊では全軍で素早く装塡が可能な早合を使用していたが、それでも発射までには、ゆっくり六、七呼吸（約二十秒）は要した。二列横隊を敷かせ、交互に撃たせても、三、四呼吸（約十秒）は間が空く。

その隙を埋めるのは、善四郎たちの弓隊である。

日本の矢は長く重く、それを射出する弓も七尺三寸（約二百二十一センチ）もある大弓で、威力は十分だ。有効射程は半町（約五十五メートル）で、鉄砲と左程には違わない。連射が利くし、道具自体の価格は十分の一である。この有用な得物が、戦場における主役の座を鉄砲に明け渡した理由は、その技術習得の難しさにあった。ずぶの素人《しろうと》に弓を学ばせ、戦場で使えるようになるまでには、半年や一年はかかる。対する鉄砲なら、十日も練習させれば、誰でもなんとか撃てるようになるものだ。弓足軽の養成には、手間がかかり過ぎる。

「放てェ！」

ヒュン、ヒュン。

善四郎の号令一下、城門の櫓を狙って一斉に矢が放たれた。

鉄砲、弓、弓、また鉄砲と間断なく射込まれて、櫓上の真田勢は面《おもて》を伏せて耐えるしかない。これが斉射の威力というものだ。

城門上の櫓が沈黙したことで、槍武者たちは、頭上からの攻撃に悩まされることなく、三十匁筒に撃ち抜かれ、ぐらついた門扉を蹴破って、大手門を安々と突破した。

もうここまできたら慎重である必要はない。あれこれ案ずるのは無駄で、前進あるのみだ。

追いついた後続の兵たちも、息を弾ませながら続々と大手門に殺到する。上田城の大手門には丸馬出こそなかったが、折れ曲がった二重の城門で堅く守られていた。所謂、枡形《ますがた》虎口である。先鋒隊はここで足止めされたが、後ろからは後続隊がドンドン前へ押し出してくる。枡形の中は大渋滞となった。そこへ、土塁の上から敵の矢弾が降り注ぎ、徳川の先鋒隊は次々に撃ち倒されていった。

「こらァ、もっと矢束持ってこい！　三十匁筒持ってこい！」

姿は見えないが、前の方で彦左が叫んでいる。

ドーン。ドーン。

やがて、再び三十匁筒が火を噴いた。虎口奥の第二の城門も破壊され、彦左の長柄隊は城内への侵入を開始した。

「左馬之助、辰蔵、槍隊に続いて我らも城内に入るが、くれぐれも乱戦に巻き込まれるなよ」

鉄砲隊は、白兵戦では無力だし、下手をすると大事な鉄砲を敵に鹵獲《ろかく》されてしまいかねない。

「おっかなびっくり後ろからついていく……それぐらいで丁度ええ」

「委細承知」

有能な寄騎二人が声を揃え、茂兵衛の鉄砲隊も城内へと踏み込んだ。

しかし、茂兵衛が踏み込んだ上田城内は、夏頃のそれとはかなり様変わりをしていた。

（なんだこりゃ、こんなもの以前はなかったぞ）

城内の至るところに、多くの柵が設《しつら》えてある。妙な方向にむけて立てられているが、城兵がいるわけでもなく、土塁が盛られて陣地化されているわけでもない。左程の危険性も感じず、茂兵衛は柵を黙殺して二の丸へと進んだ。

左手奥、城の南端に天守閣のない本丸が聳《そび》え、その背後は断崖絶壁と尼《あま》ヶ淵《ふち》で守られている。南からの攻撃はほぼ不可能だ。所謂「後ろ堅固の城」である。絶壁以外の三方は、主に二の丸がコの字形に囲んで防御していた。分類上は、梯郭《ていかく》式《しき》と呼ばれる城だ。

「こらァ、真田の山猿ゥ。観念して降参しろや！　おまんらは所詮、我ら徳川の敵ではねェがや」

「そうかや？　この城を三河衆の棺桶にしてやるだに」

なんぞと、広い二の丸に満ちた寄せ手は、水堀を隔てた本丸との間で罵《のの》り合いを演じている。大手門を破ってからここまで、おそらく半刻(約一時間)はかかっていまい。残すは本丸だけである。

(これが城攻めか？　順調すぎて、気味が悪いがね)

徳川勢に蔓延する「真田は弱兵」「上田城ぐらい半日で落とせる」との気の緩みを心配した茂兵衛だったが、あれはすべて杞憂《きゆう》だったのかも知れない。

本丸へ突入するには、左手の長く細い石段の回廊を上って、本丸東門に挑まねばならない。例の、両脇に仁王像の如き櫓が聳える堅い城門だ。

先鋒隊を率いる彦左は、この城門にも、竹束と三十匁筒を駆使して挑んでいるようだ。遥か後方にいる茂兵衛隊のところにまで「バスッ、バスッ」と銃弾が竹束に撃ち込まれる不気味な音が聞こえてくる。櫓から撃ち下ろされる矢弾を竹束の陰で必死にこらえているのだろう。

ドーン。ドーン。

と、ようやく三十匁筒の咆哮が始まった。これで本丸の城門も破れる。徳川勢には「もう、これで終わりだ」との気分が漂った——その機微《きび》を昌幸が突いた。真田勢が反撃に出たのである。

茂兵衛たち攻城側は、本丸東門へと連なる回廊に満ち満ちて、東門が突破されるのを待っていた。そこへ——

ダンダンダン、ダンダンダン。

回廊に沿った左手の土塁の上から、数十挺の鉄砲が、足を止めて待つ密集した徳川勢に向け、撃ちかけてきたのだ。

（あんな狭いところに曲輪などなかったはずだがや。糞ッ、隠し曲輪か……）

茂兵衛は臍《ほぞ》を噛《か》んだ。真田は茂兵衛が訪れなくなった夏以降に、新たな横曲輪を設置したものと思われた。

防弾用の竹束は、城門を攻撃中の先鋒隊が全て使っている。回廊で待つ兵たちは、身を隠す場所もなく、只々《ただただ》撃たれるのみだ。次いで、土塁の上からは大きな丸太が幾本も転がり落ちて来た。丸太に潰される者、薙ぎ倒される者も多く、たまらずズルズルと下がり始める。さらに、土手の上に数百の槍隊が姿を現した。

「あ、新手だァ」

動揺する徳川勢に土塁を駆け下り襲い掛かった。攻城方は手もなく突き崩されていく。

この本丸を目前にした東城門での戦いが契機となり、戦況は一変した。というよりも、城の奥の奥まで引き込んでから「満を持して叩く」との昌幸の策に陥ったのではあるまいか。

石段の上から彦左の先鋒隊が逃げ下ってきた。

「安房守め、城門を開けて打って出てきやがった。しかも騎馬隊ですぜ！」

面頬の奥の両眼を血走らせながら、彦左が茂兵衛に怒鳴るように訴えた。兜の前立《まえだて》――自慢の揚羽蝶《あげはちょう》が撃ち抜かれ、二つに折れている。

「奴ら、本丸に騎馬隊を隠してやがったんだ。真田は頭がおかしい。もう支えきれんです。退いて下され」

「わ、分かった」

退却とはなったが、狭い城内に、多くの寄せ手が犇《ひしめ》いている。出口は狭い虎口だけだ。大混乱となった。往路では気にも留めなかった妙な柵が、復路ではとても邪魔臭い。なまじ、あらぬ方向をむいているので、迷路のような効果があり、余計に混乱した。

「柵の横木の縄を切れ！　押しても倒れん！　横木を外せ！」

ダンダンダン。

城内の至るところに狭い隠し曲輪やら横曲輪が設けてあり、そこには必ず数挺の鉄砲がいて、混乱する徳川勢に向け撃ち下ろしてきた。

命からがら、大手門を潜り城下まで退いたが、なにせ徳川方は縦に伸び切った七千人の大部隊である。後続の者たちは、先頭がどうなっているのか皆目分からない。一刻も早く城内に討ち入りたい、手柄を立てたい、と前に向かって押しに押す。退却してきた先鋒と鉢合わせになった。

「前へ進め！　城を落とせ！」

「違う、退け！　退却路を開けろ！」

もう大童《おおわらわ》である。

恐慌状態の徳川勢を、今度は猛烈な炎と煙が襲った。真田勢が城下町に火を放ったのだ。さらには辰蔵が調べた侍屋敷からは、鉄砲を撃ちかけられた。

「辰のたァけ！　鉄砲、あるじゃねェか！　緩い仕事をしやがってェ！」

と、今さら怒鳴っても遅い。

「止まれ。あの出曲輪を潰す！　おい、止まってくれ！」

見知らぬ物頭が侍屋敷を潰そうと、懸命に潰走する徳川勢を押し止めるが、誰も足を止めない。侍屋敷は、水堀と板塀で防御してある。仮に内部に五十人が籠っているとすれば、これを潰すには百五十人は欲しいところだ。しかも、落とすまでに半刻（約一時間）やそこらはかかるだろう。勇気ある物頭にはすまないと思ったが、茂兵衛も足を止めずに後退した。

「七郎右衛門（忠世）、七之助（平岩）、国分寺まで退こう」

鳥居元忠は、前夜泊まった信濃国分寺まで退くよう、全軍に命じた。

国分寺の広い境内に敗残兵を収容し、態勢を整えたい。弓と鉄砲はたっぷりあるのだ。寺の塀に飛び道具を並べて防戦すれば、容易《たやす》くは近寄れまい。兵の数では徳川が真田を圧倒している。安全な場所で一息入れ、少し落ち着けば、十分に挽回可能だ。

「退け！　退け！　国分寺まで退け！」

「国分寺に籠城して態勢を整えるぞ！」

「違う、三河まで退くのではねェ！　信濃国分寺だ！」

「たァけ、ゆんべ、おまんが泊まった寺にまで退くんだがや！」

混乱の中で、物頭たちが、鳥居の命令を怒鳴り散らしているところへ——

ドーン。

衝撃と風圧がきた。

背後の大手門から真田の騎馬隊が押し出し、混乱の徳川勢に襲いかかったのだ。昨日から逃げてばかりいた真田の弱兵は、今や何処にもいない。物凄い形相で突っ込んできて、徳川勢を突き崩し、蹴散らした。

これにて、万事休す。

攻城側の七千人は総崩れとなり、算を乱して逃げ出した。上田城から国分寺まで二十八町（約三キロ）あるが、ずっと上り坂が続く。大した勾配ではないのだが、負け戦で酷い目に遭い、今も敵の騎馬隊に尻を突っつかれている徳川勢には急峻な山道を延々と駆け上らされているような感覚である。

まさに、往きはよいよい、帰りは——命懸けだ。

「こらァ、鉄砲を捨てるな！　おまん、鉄砲を拾え！」

「国分寺で調べるぞ！　鉄砲を持っておらん奴ァ、俺が斬り捨てる」

小頭たちが、重い鉄砲を捨てて逃げようとする足軽を叱りつけている。

（そんな、あり得ねェ……俺の鍛えた足軽たちが、大事な鉄砲を捨てるなんて、金輪際《こんりんざい》あり得ねェわ）

自分のすべてを否定された気分になって、辺りを見回した。いつもの配下たちではなかった。足軽は誰も、口をだらしなく開き、涎《よだれ》を垂らし、虚ろな目は焦点を結ばず、鉄砲をかろうじて引き摺りながら、只々逃げている。甲府や小牧長久手で数倍の敵と互角にやりあった徳川の強兵の姿は、今やもうどこにもない。

(こいつら、酷い負け戦で心が折れとるんだわ)

「国分寺まで、もう四半里(約一キロ)もねェぞ！　あともう少しだァ、頑張れ！　鉄砲隊の意地を見せろ！」

茂兵衛がそう怒鳴った刹那──

「お頭、あれ！」

茂兵衛の後方で馬を進めていた花井が声を上げた。見れば、前方遥かな木立の中から濛々《もうもう》たる黒煙が上っている。信濃国分寺だ。今現在、茂兵衛たちが逃げ込もうとしている寺が燃えている。

「なんと……ん？」

左手の丘の上、暗い森の中に、一団の軍勢が湧き上がった。騎馬隊と長柄足軽隊が合わせておよそ八百。幟《のぼり》を見れば──六文銭だ。

「敵襲だァ！　左翼に真田勢！　鉄砲隊、二列横隊！」

茂兵衛が命じ、寄騎衆と小頭衆は復唱したが、足軽たちが足を止めることはなかった。

「こらァ！　二列横隊だァ！　止まれ！」

「逃げるな！　鉄砲隊は二列に並べ！」

左馬之助と辰蔵が必死に馬を乗り回し、怒鳴り散らし、ときには鞭《むち》を振るって秩序の回復を図ろうするが、足軽たちは誰も足を止めなかった。

「お頭、駄目だァ。こいつら使い物にならねェ。正気じゃねェんだ」

「どうします、お頭！」

「ど、どうするってよォ……」

今も指揮に服するのは、三人の寄騎と九名の小頭、性根の据わった足軽が十名ほどだ。これではなにもできない。足軽あっての茂兵衛隊、雑兵あっての軍隊だと、改めて痛感させられた。

暗澹《あんたん》とした思いで見回したとき、丘の上の真田勢の騎馬武者の一人と目が合った。面頬で顔は分からないが、猩々緋《しょうじょうひ》の陣羽織に唐冠《とうかん》の変わり兜——真田源三郎だ。

「げ、源三郎様……」

猩々緋が采配を振り上げ、何事かを叫ぶと、八百名の真田勢は黒い塊《かたまり》となり、猛烈な勢いで丘を駆け下ってきた。

「ひェ……」

逃げる敗残兵の列から、恐怖と絶望の悲鳴が湧き起こる。立ち向かおうと槍を構える者など一人としていない。

（糞ッ。俺も年貢の納め時か……それにしても、真田の戦は嫌らしいわ！）

次から次へと情け容赦なく新手を繰り出してくる。寡兵が衆兵を追い払おうとしている風には見えなかった。

（ほうだら……奴ら、俺らを全滅させる気だがや）

最前、彦左は「真田は頭がおかしい」と吐き捨てた。二千人が七千人を「皆殺しにする」と考えて策を練るとしたら、もう発想が常人のそれではない。まさに、頭がおかしいのだ。

茂兵衛は周囲に残った二十名ほどの配下を束ね、槍衾《やりぶすま》を敷かせた。

八百の真田勢が迫る。地響きが伝わる。

（ま、首をくれてやるのが源三郎様でよかったわ。どこぞのいけ好かねェ野郎に討たれるよりはな）

と、観念したのだが、源三郎隊が茂兵衛隊に突っ込むことはなかった。

源三郎は、茂兵衛隊の後方を進んでいた平岩親吉の槍隊に突っ込んだのだ。あるいは、茂兵衛隊の疲弊振りに気づき、攻撃先から外してくれたのかも知れない。ひょっとして、熊胆《ゆうたん》の御利益か？　否々、温情などではなく、単に襲う価値すらないと判断されたのだろう。

「左馬之助、辰、逃げろ！　走れ！　国分寺でも、神川でもええから、安心できるところまで走れ！　一息つかせりゃ、足軽どもも正気を取り戻してくれるだろうさ。なにしろ逃げろ！」

茂兵衛隊は将も兵も、騎馬隊に蹂躙《じゅうりん》される平岩隊を見捨てて逃げ出した。

四

国分寺は、真田勢に火を放たれて本堂も庫裏《くり》も炎上中であり、態勢を立て直す役にはたちそうにもなかった。

現に兵も将も、誰も足を止めようとはしない。さらに四半里（約一キロ）東にある神川に向けて黙々と走っていく。

（神川でええがね。神川で態勢を整えりゃええ。水位が低いから渡るにも苦労はねェし。水を飲ませりゃ、足軽たちも正気を取り戻す。なに、数はこっちが三倍以上おるんだ。立て直せるさ）

と、茂兵衛も期待を寄せていた神川だったが、流れは大きく変貌していた。
昨日渡河したときには浅瀬ばかりで、所々川床が露出していたはずだ。それが今はどうだ――幅十間（約十八メートル）はあろうかという濁流が、黒々と逆巻いている。

「な、なんじゃ、こりゃ⁉」

茂兵衛は声を荒らげた。

見れば、溺れた人や馬がもがき苦しみながら流されていく。流れ下る先は、今や巨大な奔流と化している千曲川だ。重い甲冑《かっちゅう》を身に着けた彼らが助かる見込みはほぼない。現に無数の遺体が、川岸に打ち寄せられている。これに倍する水死体が水底には沈んでいるはずだ。

人馬に交じって、夥《おびただ》しい数の材木が浮かんで流れていく。倒木ではない。明らかに末端が斧《おの》や鋸《のこぎり》で製材された丸太だ。

（堰《せき》だ）

茂兵衛はすべてを理解した。

（真田の奴ら、上流で神川を堰き止めてたんだ。頃合いを見てその堰を崩しやがった。昨日、長雨の季節にここだけ水位が低かった……その説明がつく）

「そこまで、やるか！」

思わず声が出た。

昌幸の惚《とぼ》けた顔が脳裏を過《よぎ》った。あの顔に茂兵衛は騙されたのだ。敗戦の責任の何分の一かは——や、大きな責任が自分にはある。

茂兵衛の中で、昌幸に対する敵愾心《てきがいしん》が湧き起こっていた。正々堂々とはほど遠い、手練手管《てれんてくだ》の限りを尽くした戦だ。小が大を喰おうとするなら、この手の戦い方しかないのは分かるし、卑怯と詰《なじ》るのは止めておくが——それにしても、ムカッ腹《ぱら》が立つ。

(糞がッ、なんでもありじゃねェか！)

「も、茂兵衛！」

呼ばれて振り返ると忠世だ。上役が馬を寄せて来た。上がり藤の前立は外れ、面頬も着けていない。ここまでの苦労がしのばれた。胴に描かれた金色の龍神までが、泥に塗れている。疲労が土色の顔に浮かんでおり、まるで墓の中から這い出てきた死人《しびと》だ。

「おまん、鉄砲隊を集められるか？」

「なんとか」

「この地に放列を敷け。すまんが殿軍《しんがり》として、味方の渡渉を援護して欲しい」

「……し、承知」

公正公平に見て、殿軍として敵の前進を防ぐなら、茂兵衛の鉄砲隊が最適任なのは事実だ。

「ワシらは、ほれ……」

忠世が指さす彼方を見た。神川を越えれば道は上り坂となり、幾分土地が開けている。

「あそこで兵を止め、態勢を立て直す。おまんには相すまんが、それまで頑張ってくれや」

「委細承知！」

つまり、それまで茂兵衛隊はこちらの岸に踏み止まり、皆の犠牲になって「死んでくれ」ということだ。それに「態勢を立て直す」との台詞《せりふ》は、ここ半刻（約一時間）ほど、幾度も聞いたが、今もって果たせていない。ま、ここは考えても仕方がない。茂兵衛は「ま、ええわ」と心中で呟き、早速鉄砲隊の再編成に手を付けた。

「左馬之助、辰蔵、花井、鉄砲隊を集めろ。放列を敷くぞ」

「承知」

三人の寄騎は三方へと散った。

（これがもし「名誉のために死ね」なんぞと命じられたら「やなこった」と反発したかも知れねェが……）

今回は、友軍の撤退を援護するための殿軍である。誰かがやらねばならないことだし、出自が農民の茂兵衛には今一つピンとこない「名誉」や「矜持」のために死ねと言われるよりは、余程意義が分かり易かった。「ま、ええわ」と思えた所以である。

一度は秩序が崩壊した鉄砲隊のことだ。さすがに全員というわけにはいかなかったが、それでも三十人ほどの鉄砲足軽と、二十五人の槍足軽が茂兵衛の前に集まった。逃げなかっただけ彼らはましだが、どの足軽の顔も土色で、目が虚ろ、口は半開きだ。小動物のように小さく震えている。

「足軽たちに、深く三度息を吐いて吸わせろ。それからゆっくり水を飲ませろ。ほんの少しでええ。そうすりゃ落ち着く。腹が据わる」

と、茂兵衛は小頭たちに命じた。

寄騎や小頭、茂兵衛や左馬之助の従者まで含めれば八十人からの殿軍部隊となる。勢いこそあるが、敵も大軍という程ではない。味方が神川を渡り終えるまでなんとか持ちこたえねばならない。

　悪いことに、国分寺から神川まで道は下ってきている。茂兵衛隊は坂の中程で駆け下ってくる敵を迎え撃つ格好だ。戦場の心得としては悪手だが、場所は選べないから仕方がない。一言坂《ひとことざか》の戦いが頭を過った。

「鉄砲は一列横隊。左馬之助が率いる」

「はッ」

「距離半町（約五十五メートル）で初弾を斉射。すぐに放列を五間（約九メートル）下がらせ次弾を装塡」

　いくら鈍足な戦国の馬でも、半町なら二呼吸（約六秒）する間にやってくる。次弾を発射するまでには、早合を使っても、六呼吸（約十八秒）は要するから、二発目を放つ前に騎馬隊は突っ込んできてしまうのだ。そこで――

「次弾装塡中は、槍隊が前面に押し出して時を稼げ。槍衾を敷いて騎馬隊を止めろ。槍隊の指揮は辰蔵が執る」

「承知」

　二十年来の相棒にして、義弟の辰蔵が力強く頷いた。

茂兵衛と花井、五人の従者は、どこにでも駆けつける遊軍として待機することにした。

「ええか。鉄砲は相手を倒すことより、敵の前進を止めることを第一義に考えろ。兜武者より馬、敵の腹よりは足を狙って撃て」

と、足軽たちに命じた。いつもよりゆっくりと穏やかに伝えた。足軽たちは傷み、疲れ、怯えている。ここで発破をかけても無駄だ。落ち着かせることが肝要なのだ。

「また、槍隊は次弾装塡までの時間稼ぎと割り切れ、どんな兜首も打ち捨てにせい。首級に拘《こだわ》った者は、後で俺が厳罰に処する」

厳罰に処すると言っても、茂兵衛とその違反者がともに生きて帰ったらの話だ。あの世にいってまで執念深く罰そうとは思わない。そこまで因果な性分ではない。

神川の水位は、平静を取り戻していた。上流で堰を切った直後の奔流は、人馬の骸《むくろ》と共に千曲川へと流れ去り、昨日ほどではないが、なんとか馬が川底を歩いて渡れる程度の深さに落ち着いた。一昨日《おとつい》から雨が降っていないことも徳川勢には幸いしたようだ。

見れば忠世は、騎馬武者を上流に並べて流れを緩め、徒士の者どもが渡り易いように工夫している。最近でこそ、茂兵衛との間はあまりうまくいっていないが、忠世が歴戦の武将であることは間違いない。彼なら、手早く渡河を終えてくれるだろう。

「殿、敵だ。敵にございます」

富士之介が、茂兵衛の草摺《くさずり》を摑んだ。仰ぎ見れば、いつの間に湧いたか、二町(約二百十八メートル)後方の丘の上から、八百前後の軍勢が静かに見下ろしていた。これから襲う獲物を見定める狼の群れのようだ。真田源三郎らしき猩々緋の陣羽織も見える。六文銭の旗指物が林立していた。

「おい、左馬之助！」

「はッ」

「騎馬武者は五十騎前後だら。最初の斉射で馬を止めろよ！」

「承知！　徹底的に馬を狙わせまする」

また振り返って友軍の渡河状況を確かめた。順調だがなにせ数が多い。まだまだ時間がかかりそうだ。忠世が大将自ら、渋滞混乱する自軍の整理に走り回っているのが見える。

（ハハハ、七郎右衛門様、頑張りなされ）

と、面頬の奥で微笑んだ。全てのわだかまりが薄れていくような気がした。

二町後方で真田源三郎が采配を振り回すのが見えた。五十騎の騎馬武者を先頭に、八百名の集団が鬨を作り、丘を駆け下り始めた。

「火蓋《ひぶた》、切れェ！」

左馬之助が号令した。

「よう狙え。火縄は消えとらんか？　口薬《くちぐすり》はちゃんと盛っとるか？　撃ち上げだぞ。一寸（約三センチ）上を狙えよ」

着弾は、撃ち上げれば狙いより下がり、撃ち下げれば上方にずれる。

ドドドドドド。

騎馬隊の重い足音が迫る。

「今日の的は、人より何倍も大きな馬だがや。当てろよ。まだまだ、まだ撃つな。半町（約五十五メートル）に引き付けてから、皆殺しにしてやれ！」

膝打ちの姿勢で一列横隊に並んだ三十数名の鉄砲隊の後方を、右から左へゆっくりと歩きながら、左馬之助が低い声で、落ち着かせるように語りかけた。とてもよい指揮振りだ。

足音と土煙がさらに近づく――今、ちょうど半町だ。

「放て！」

ダダダン、ダン、ダン。

鉄砲隊の姿は濛々たる白煙に隠され、半町先では二十数頭の馬がもんどり打って倒れ、土煙を巻き上げた。

鉄砲隊から歓声が沸き上がり、足軽たちは拳を天に突き上げた。今後四半刻（約三十分）の間に、殿軍である彼らの多くは無残な討死を遂げるだろう。己が死を目前に控えていながらも、放った弾が敵を倒したことを無邪気に喜べる人間とは、なんとも業《ごう》の深い存在で――

「槍隊、前へェ！」

後退する鉄砲隊と入れ違いに、辰蔵が槍隊を前進させた。真田にはまだ二十数騎の騎馬武者が無傷でいるのだ。同僚の恨みを晴らさんと、半狂乱となり坂道を駆け下ってくる。その真正面に、辰蔵は槍隊を誘導した。

「一列横隊。槍衾を敷け！」

騎馬隊の進路を塞ぐ形で横一列の隊形をとった足軽たちが、槍を構えたまま、次々に片膝を突いた。石突《いしづき》を地面に捻じ込ませて安定させ、穂先を敵の馬の胸の高さに合わせる。二十五の穂先で巨大な剣山を作り、騎馬隊の突撃を止める。それが槍衾だ。

「花井、富士之介、槍隊に助太刀する。続け！」

茂兵衛は、槍隊の不利を看破し、従者に持たせていた持槍を引《ひ》っ手繰《たく》ると、槍衾目がけて雷の鐙《あぶみ》を蹴った。

ドコッ。

騎馬隊が槍衾に突っ込む音が鈍く響いた。

人と馬の勢いと全重量が槍の柄にかかり、竹籤《たけひご》の如くに大きく撓《たわ》む。しかし、石突を地面に固定してあるので、力の逃げ場所はない。強靭な樫《かし》の一木材の復元力が、馬と人と甲冑が合計された百二十貫（四百五十キロ）もの重量を豪快に撥ね飛ばした。馬と人と血が混じり合い、縺《もつ》れあう。茂兵衛は果敢に、雷を土煙の混沌へと乗り入れた。

「おりゃ」

槍衾をすり抜けて鉄砲隊に挑もうとする騎馬武者の一人に突っかけた。雷の手綱を放し、持槍を頭上で旋回させると、騎馬武者の肩の辺りに振り下ろした。

ガッ。

打ち据えられた敵が前屈みになるところを横に薙いで鞍上《あんじよう》から叩き落とす。休む間もなく鐙を蹴って、別の一騎の横腹に雷ごと体当たりを加えた。雷が敵馬の鬣《たてがみ》に嚙みついている。馬もともに戦っているのだ。近接の格闘戦となったので槍は捨てた。敵の兜の錏《しころ》を摑んで振り回し、鞍から引き摺り落とした。地面に転がった相手の上に雷を伸《の》し掛からせる。

「雷、踏み殺せ！」

馬は人を踏まないものだが、ここは戦場——馬の腹の下で、呻くような悲鳴が上がった。

「た、辰ッ！」

槍隊の指揮を執っていた辰蔵が、兜に銃弾を受けて打ち倒された。

茂兵衛は慌てたが、分厚い筋兜《すじかぶと》の表面で銃弾は撥ね、辰蔵の頭は無事だったようだ。しばらくは座り込み、頭を振っていたが、やがて立ち上がり、槍隊を鼓舞し始めたので安堵《あんど》した。

茂兵衛は後方の鉄砲隊を見た。もう装塡を終え、全員が銃を構えている。槍隊がいるので発砲を待っているだけだ。

「槍隊、鉄砲がくるぞ。その場に伏せェ！」

茂兵衛の命令に、槍足軽たちが身を屈めた刹那――

ダンダン。ダンダンダン。

三十余挺の鉄砲が一斉に火を噴き、真田勢の先鋒を打ち倒した。

「えいえいえい。えいえいえい」

坂の下から鬨の声が駆け上ってくる。真田勢に回り込まれたかと振り返ると、大久保彦左衛門が率いる百人の槍隊だ。茂兵衛の殿軍に加勢しようと引き返してきてくれたらしい。

「ひ、彦左！」

「お頭、助太刀致す！」

「かたじけない！　恩に着る！」

殿軍とはいわば「捨て駒」であり、友軍が援ける戦略的な意義は薄い。それでも助太刀に駆けつける者がいるとすれば、友情か義侠心のなせる業であろう。他にはない。茂兵衛は、彦左の来援に感謝した。

「お頭、もう四半刻（約三十分）だけ頑張って下され。そうすりゃ、渡河は終わりますわ」

「承知！」

ダンダンダン、ダダンダンダン。

百人の援軍に気をよくした茂兵衛隊の鉄砲が景気よく咆哮し、真田兵を薙ぎ倒した。

その後、槍で押して、少し退いて、鉄砲の斉射を浴びせかける──その繰り返しで四半刻は凌いだ。茂兵衛も敵の骸から手頃な槍を奪い奮戦したが、味方はすでに三分の一の兵力を失っていた。残った兵も将も馬も満身創痍《まんしんそうい》で疲労困憊《ひろうこんぱい》、そろそろ限界だ。

「お頭、弾が底をついとります」

鉄砲隊を指揮する左馬之助が悲壮な声を上げた。個々の足軽が胴乱に入れる早合の数は、せいぜい二十発程度だ。早合が切れると、簞笥方《たんすがた》が背負う簞笥から補充する。左馬之助が「底をついた」と言うからには、簞笥の中の早合も払底《ふってい》したということだ。これで鉄砲隊は、物の役に立たない。ここから先、茂兵衛としては、一刻も早く鉄砲隊を戦場から離脱させねばならない。まごまごしていると敵に高価で貴重な武器を奪われ、次の戦場では、その銃口が徳川に向けられる。

「左馬之助！　鉄砲隊は退け。神川を渡り、本隊に合流せよ」

配下の足軽を逃がしておいて、彦左の配下を残すわけにはいかない。

「彦左、来援感謝！　もうええ。十分だら。俺の鉄砲隊が下がるから、一緒に下がってくれ」

「お頭は？」

彦左が質した。

「俺ァ、辰と槍隊とで敵を防ぐ」

「なら、俺も残ります！」

「たァけ！」

腹の底から怒鳴った。

「おまんは、長柄大将だがや！　百人からの父や倅《せがれ》や亭主を預かる身だぞ。奴らを家に帰してやるのが、おまんの役目だがや！」

「で、でも。お頭を殿軍に据えたのは、俺の兄貴だから」

涙声になっている。

「関係ねェわ！」

彦左の馬の轡《くつわ》を摑み、無理矢理に神川の方へ向けると、強か尻を叩いた。

「お、お頭！」

馬は、彦左を乗せて駆け去った。

「さあ、槍隊、押し返せ！　時を稼ぐぞ！」

結局、最後まで踏み止まって鉄砲隊を逃がし、犠牲となって死ぬのは槍隊である。無論、指揮官として茂兵衛も残る。死なば諸共だ。

# 終章　茂兵衛、討死ス

「茂兵衛、あれを見ろ！」

馬も兜《かぶと》も失くし、槍一本で奮戦する辰蔵が叫び、彼方《かなた》を指さした。

丘の上に敵の鉄砲足軽が整列している。数は五、六名だが、潰さねば狙い撃ちされる。厄介だ。幸い茂兵衛と花井は騎馬だし、振り返れば、富士之介と依田《よだ》伍助、三人の従僕も健在だ。

「丘の上の敵鉄砲隊を潰す。ついてこい！」

そう叫んで、雷《いかずち》を励ましつつ、坂を駆け上り始めた。

(怖いのは初弾だけよ。護衛の槍隊はついてねェようだし、初弾さえ凌げば、後は蹴散らせるわ)

丘の上で鉄砲小頭《こがしら》らしき徒士《かち》武者がなにやら叫んだ。

ダン、ダダン。

チュイ――ン。

斉射がきた。兜のすぐ上だ。

数発の敵弾が、不快な死の唸り声を上げながら過《よぎ》った。狙いが高い。撃ち下げを読み切れず、弾が上に逸れたようだ。

（素人《しろうと》がァ）

内心でほくそ笑んだ。撃ち上げはやや上を狙うのが心得。撃ち下げはやや下を狙うのが心得だ。

これで少なくとも三発は茂兵衛に弾が集まった。先頭を走る騎乗武者を狙うのは射手の心得ではあるが、その分、花井や富士之介たちに弾が向かわずに済むので有難い。

案の定、次弾の装塡は間に合わないと悟った真田の鉄砲足軽たちが、一斉に逃げだした。距離はもう、ほんの五間（約九メートル）ほどだ。丘の上には、若い徒士武者一人が取り残された。逃げる気はないらしい。槍のない彼が、腰の刀を抜き放ったところを、雷が伸《の》し掛かり蹴り倒した。

ガクン。

徒士武者は倒れたが、まだ生きているはずだ。茂兵衛は即座に馬首を巡らし、槍を持ち直して止めを刺そうとした――が、その必要はなかった。若い徒士武者は、鉢巻《はちまき》をまいた頭を妙な方向に向け、大の字となって仰臥《ぎょうが》していた。ピクリとも動かない。突っ込んできた重さ百貫（三百七十五キロ）の悍馬《かんば》に激しく体当たりされ、衝撃で首の骨が折れたのだ。

「茂兵衛、早う！」

丘の下で、辰蔵が腕を振り回し、必死に茂兵衛を呼んでいる。彼らの背後、徳川の殿軍が神川へと退いていくのが見えた。このままでは、敵中に取り残されてしまう。

「花井、富士、退くぞ！　続け！」

と、二人を見ずに叫び、神川に雷の鼻面を向け、鐙《あぶみ》を蹴った刹那――

「お、お頭《かしら》……」

弱く、か細い声が背後から茂兵衛を呼んだ。

「どう、どう。止まれ雷！」

いきり立つ馬を、グルグルと幾度も輪乗りして静めつつ、首を振って周囲を窺った。

（俺を呼んだのは誰だら？）

——いた。花井だ。

花井庄右衛門が落馬し、動けなくなっている。必死に手をこちらに向けて伸ばし、茂兵衛を呼んでいるではないか。

「待っとれ！」

と、後先《あとさき》を考えずに、今度は雷の鼻先を花井に向けた——その轡《くつわ》に、富士之介と伍助が両脇から跳びつき、主《あるじ》を制した。

「なにをするかァ」

「殿、なりません！　もう間に合わねェ！」

敵の本隊が花井の向こう側に迫っている。先頭で馬を進めるのは、唐冠《とうかん》に猩々緋《しょうじょうひ》の陣羽織——真田源三郎だ。

「おまんらは、先に辰蔵のところへ行っとれ！　主命だ！　手を放せ！」

そう命じると同時に雷の鐙を蹴った。伍助が撥ね飛ばされて尻もちをつくのが目の端に映った。

(俺は……俺は、なにをしとるのか？)

疾駆する雷の鞍上《あんじょう》で、ふと我に返った。

(おい茂兵衛……おまん、死ぬぞ。花井みてェな、甘えたたァけに情けをかけて

の声だ。

無駄死にする気か？）

——誰かが茂兵衛の行動を批評し、貶《けな》す声がする。おそらくは、自分自身の心の声だ。

（おまんの一番駄目なところよ。非情になりきれん足軽大将じゃ、配下の雑兵たちはやり切れんがね。あいつらだって生きて帰りてェんだ。おまんが導かんでどうする？　物頭《ものがしら》失格だがや！　鉄砲大将なんぞ辞めちまえ！　おまんは人の上に立てる器ではねェ。所詮は渥美《あつみ》の百姓が分相応よ）

つい今しがた、彦左に怒鳴ったことが、そのまま自分に跳ね返ってきた。

「花井ッ」

鞍《くら》から飛び下りるなり花井の傍らに蹲《うずくま》り、状態を確認した。

（こ、こりゃ、酷《ひで》ェわ）

胴の左下に径一寸（約三センチ）ほどの丸い穴が開いており、鮮血が溢れている。銃創だ。花井は激しく喘《あえ》ぎ、とても息が苦しそうなので、忍緒《しのびのお》を解き、面頬《めんぼお》と喉垂《たれ》ごと兜を脱がしてやった。

「お、お、お頭《すが》ァ」

泣きながら縋りついてきた。

「この大たァけが！　おまんの糞目立つ甲冑《かっちゅう》が狙われたんだがや！」

「御免なさい。御免なさい。本当に御免なさい」

色々威《いろいろおどし》の甲冑を着た若者が、号泣しながら謝罪した。

「必ず、連れて帰ってやる。気を強く持て！」

「はいッ」

茂兵衛は花井を引き起こし、振り返って見た。

「おお、雷……」

なんと——馬は逃げずに、その場に立って主人を待っていた。茂兵衛を心細げに見つめている。

「雷、来い！」

大きく腕を振ると、愛馬はこちらへ向けて歩き始めた——その刹那、馬の下肢から力が抜け、尻からガクンと崩れ落ちた。一度は身を起こそうともがき、前脚で二度空を蹴ったが、その漆黒の馬体は動いてくれない。首か腰の骨を銃弾で撃ち抜かれたのだ。

「雷ッ！」

叫ぶと、馬は茂兵衛を見た。悲しげな、縋るような目だ。やがて、大きく両眼を見開き、茂兵衛を見つめたまま、雷の体は動きを止めた。

「い、雷……」

天正《てんしょう》五年（一五七七）の夏以来、足掛け八年、戦場で生死をともにしてきた朋輩《ほうばい》だ。一度も茂兵衛を裏切らなかった同志だ。止めどなく涙が溢れた。

（阿呆の花井を助けようとした阿呆の俺がいて、結果、死なんでもええ雷が死んだ。悪いのはすべて俺だが、この怒りを、どうしてくれようか……）

ぐるり周囲を、敵の騎馬武者、槍武者に囲まれたことが気配で伝わった。もう逃げ場はない。敵武者たちの背後には、猩々緋の陣羽織が見える。

「ええか花井、俺ァ突っ込むぞォ」

決意を固め、様々な因縁のあった若者に宣言した。

「勝算はねェ。おまんも腹ァくくれや！」

「お、お頭と死ねるなら本望にございまする」

瀕死の若者が、顔をくしゃくしゃにしながら頷いた。

「では、いくぞ」

茂兵衛は花井を左肩に軽々と担ぎあげ、槍を右手に短く持ち、雄叫びを上げながら猩々緋の陣羽織目がけて駆け出した。源三郎に遺恨などがあるはずもなかったが、一つには雷の仇討ち、一つには――どうせ死ぬなら、敵将と刺し違えて大往生したい。

主人を守ろうと、十数人の槍武者が往く手を塞いだが、死を覚悟した茂兵衛の出足を止めることはできなかった。

ガツッ。

突き出された穂先を、顔を伏せ、兜の鉢で受けた。どんな猛者《もさ》の刺突《しとつ》も筋兜《すじかぶと》の鉢までは貫けない。左太腿に冷たい違和感を覚えた。明らかに槍で刺されたのだ。しかし、痛みは微塵も感じない。右手の槍を大きく振り、敵の脚を払うと数名が薙《な》ぎ倒されて尻もちをついた。

ドン。

こんどは背後から刺突がきた。つんのめって焦ったが、桶側胴《おけがわどう》が、寿美が選んでくれた頑丈な具足《ぐそく》が背中を守ってくれた。

ザンッ。

さらに、右の二の腕を刺し貫かれた。籠手《こて》ははめているが、所詮家地《いえじ》は布だ。篠金物《しのかなもの》の隙間を刺されれば、槍の穂先は防げない。ただ、これも痛みは全く感じない。

（俺ァもう、半分は死んどるのかもなァ）

次第に、心が穏やかになっていく。怒りも恐れも、なにも感じない。

（痛くも痒くもねェわ。本当に死ぬときは、苦しみがねェそうだから、人の体は上手くできてるもんだなァ）

今度は左側から騎馬武者が馬ごと伸《の》し掛かってきた。

（今度は馬かい！）

槍を闇雲に突き出してみたが、空振り――不覚にも、太刀打ちの辺りをガッチリと摑まれた。槍を諦め、敵馬の腹の下に潜り込み、渾身の力で馬体を撥ね上げた。

「糞がァ！」

馬は棹立《さおだ》ちとなり、乗り手を振り落とし、濛々《もうもう》たる土煙と悲鳴を上げながら、後方にドウと倒れた。左肩の花井はピクリとも動かない。もう死んだのだろうか。

猩々緋は目の前だ。もう後、数歩だ。さらに肉迫した。左手は花井を抱えて、塞がっている。右手一本で刀を抜くことはできないから、止むを得ず素手で襲い掛かった。

右から刀が斬りかかってきた。源三郎の馬廻《うままわり》だろうか、蜻蛉《とんぼ》の前立《まえだて》が立派な兜武者だ。右腕を振り上げて籠手の篠金物で刀身を受け止めた。相手の草摺《くさずり》の下から、無防備な股間を思いっきり蹴り上げてやった。兜武者は低く呻《うめ》き、体を丸めて崩れ落ちた。

（ハハハ、そりゃ痛いわなァ）

「植田茂兵衛、見参！」

と、大ぶりな栗毛の鼻面に摑みかかった。横合いから兜の鉢を槍の柄で強《したた》か叩かれた。

ガン。ゴン。

首の骨が外れたかと思う程の衝撃だ。目の中に火花が散る。それでも、痛みは感じない。

「まだまだァ」

再度、馬の首に抱きつく。顔を上げた瞬間、馬上の源三郎と目が合った。面頰の奥で、かつて「平八郎の娘婿にどうか」と考えたこともある澄んだ目が、明らかに怯えていた。

（へへへ、源三郎様が……敵将が怯えてやがる。これでええ。もう十分だわ）

ゴン。

さらに首筋、兜の錣《しころ》の辺りを強打され、膝がガクンと崩れた。

(く、苦労ばかりの人生だったが、結構面白かった……ただ、寿美を三度目の寡《か》婦《ふ》にしちまうなァ。相すまねェことだなァ)

茂兵衛の意識は、ここで深い闇の中へと落ちた。

本作品は、書き下ろしです。

協力：アップルシード・エージェンシー

双葉文庫

い-56-09

三河雑兵心得《みかわぞうひょうこころえ》

上田合戦仁義《うえだかっせんじんぎ》

2022年 7 月17日　第1刷発行
2024年10月 8 日　第8刷発行

【著者】
井原忠政《いはらただまさ》

【発行者】
箕浦克史
【発行所】
株式会社双葉社
〒162-8540 東京都新宿区東五軒町3番28号
［電話］03-5261-4818(営業部)　03-5261-4831(編集部)
www.futabasha.co.jp(双葉社の書籍・コミックが買えます)
【印刷所】
中央精版印刷株式会社
【製本所】
中央精版印刷株式会社

【フォーマット・デザイン】
日下潤一

---



---

ISBN978-4-575-67118-6 C0193
Printed in Japan